HEYNE‹

镜子

Cixin Liu

SPIEGEL

Novelle

Aus dem Chinesischen von
Marc Hermann

Mit Anmerkungen des Übersetzers
und einem Nachwort von Sebastian Pirling

Deutsche Erstausgabe

WILHELM HEYNE VERLAG
MÜNCHEN

Die Novelle »Spiegel« ist unter dem Titel 镜子 (*Jìngzi*) erschienen und wurde 2004 mit dem Galaxy Award ausgezeichnet. Sie ist in dem Sammelband 时间移民 (*Shíjiān yímín*) enthalten.

Übersetzung »Die drei Sonnen«: Martina Hasse
Übersetzung »Der dunkle Wald«: Karin Betz

Sollte diese Publikation Links auf Webseiten Dritter enthalten, so übernehmen wir für deren Inhalte keine Haftung, da wir uns diese nicht zu eigen machen, sondern lediglich auf deren Stand zum Zeitpunkt der Erstveröffentlichung verweisen.

Verlagsgruppe Random House FSC® N001967

Deutsche Erstaugabe 11/2017
Redaktion: Sebastian Pirling
Copyright © 2004 by Liu Cixin
German rights authorized by FT Culture (Beijing) Co., Ltd.
Copyright © 2017 der deutschsprachigen Ausgabe
und der Übersetzung by Wilhelm Heyne Verlag, München,
in der Verlagsgruppe Random House GmbH,
Neumarkter Str. 28, 81673 München
Printed in Germany
Umschlaggestaltung: Das Illustrat, München
Umschlagillustration: Jeremy Paillotin
Satz: KompetenzCenter, Mönchengladbach
Druck und Bindung: GGP Media GmbH, Pößneck

ISBN: 978-3-453-31912-7

diezukunft.de

Inhalt

SPIEGEL

Tiefer und tiefer dringt die Forschung der Menschheit. Man entdeckt, dass Quanteneffekte bloßes Wellengekräusel auf der Oberfläche des Meeres der Materie sind. Sie sind lediglich Schatten von Störeffekten, die aus den grundlegenden Gesetzen der Materie erwachsen. Je deutlicher diese Gesetze zutage treten, desto mehr gewinnt das Bild einer schwankenden Realität, das uns die Quantenmechanik suggeriert, wieder stabile Konturen. Feste Determinanten treten wieder an die Stelle von Wahrscheinlichkeiten.

In diesem neuen Modell des Universums feiern die bereits tot geglaubten Kausalketten klarer denn je ihre Wiederauferstehung.

1

Die Fahndung

Im Büro waren die Flaggen der Volksrepublik China und der Kommunistischen Partei gehisst. An dem breiten Schreibtisch saßen zwei Männer einander gegenüber.

»Ich weiß, Sie sind sehr beschäftigt, Genosse Kommandant, aber über diese Angelegenheit muss ich Sie informieren. Etwas Derartiges habe ich wirklich noch nie erlebt«, sagte der Mann vor dem Schreibtisch. Er trug die Uniform eines Polizeioberkommissars und war schon an die fünfzig, aber seine Haltung war stramm und seine Gesichtszüge energisch.

»Xufeng, mir ist klar, was für ein Gewicht dein letzter Satz hat. Schließlich bringst du dreißig Jahre kriminalistische Erfahrung mit.« Der Kommandant blickte auf den rot-blauen Bleistift, den er langsam zwischen seinen Fingern drehte, als wollte er die geschärfte Spitze begutachten. Er pflegte seinem Gegenüber nur höchst selten in die Augen zu sehen – soweit Chen Xufeng sich erinnerte, hatte ihn der Kommandant in all den Jahren nur dreimal eines direkten Blicks gewürdigt, und jedes Mal war dieser Blick mit einem Schlüsselmoment in Chens Leben zusammengefallen.

»Immer wenn wir Maßnahmen gegen die Zielperson ergreifen wollen, entkommt sie uns. Sie weiß stets, was wir vorhaben.«

»Aber so was erlebst du doch gewiss nicht zum ersten Mal.«

»Zugegeben, das allein wäre noch nichts Besonderes. Wir haben auch sofort an ein internes Leck gedacht.«

»Aber bei deinen Untergebenen ist das eher unwahrscheinlich …«

»Es ist mehr als unwahrscheinlich. Gemäß Ihren Anweisungen haben wir den Kreis der Kollegen, die an diesem Fall arbeiten, auf ein Minimum beschränkt. Unsere Sondereinheit umfasst nicht mehr als vier Leute, und nur zwei davon sind tatsächlich mit allen Hintergründen vertraut. Trotzdem war ich auf das Schlimmste gefasst und wollte eine Besprechung einberufen, um alle Beteiligten der Reihe nach zu überprüfen. Ich wies Chenbing an, unser Team zusammenzurufen. Sie kennen ihn, ein zuverlässiger Mann von der elften Abteilung. Er hat sich um die Sache mit Song Cheng gekümmert … Aber dann ist etwas Merkwürdiges passiert. Bitte glauben Sie mir – was ich sage, ist kein Unsinn! Es ist die reine Wahrheit …« Chen lachte verlegen, als wäre ihm seine Rechtfertigung peinlich. »Genau in dem Moment rief er uns an – unsere Zielperson! Auf meinem Handy hörte ich ihn sagen: ›Die Besprechung könnt ihr euch sparen. Unter euch ist kein Verräter.‹ Dabei hatte ich keine dreißig Sekunden davor erst zu Chenbing gesagt, dass ich eine Besprechung einberufen wollte!«

Der Bleistift erstarrte in der Hand des Kommandanten.

»Vielleicht denken Sie jetzt, wir wurden belauscht, aber das ist ausgeschlossen. Als Ort für unsere Unterhaltung habe ich willkürlich die Halle einer Regierungsbehörde gewählt. Wir standen mittendrin, während um uns herum gerade ein

Chor für den Nationalfeiertag probte. Wir mussten uns direkt ins Ohr sprechen … Immer wieder ist es danach zu solchen seltsamen Vorfällen gekommen. Achtmal hat er uns angerufen, und jedes Mal hat er Dinge gesagt, die wir gerade erst besprochen oder getan hatten. Das Schlimmste ist, dass er nicht nur alles hören kann – er sieht auch alles! Einmal wollte Chenbing eine Hausdurchsuchung bei den Eltern der Zielperson durchführen. Zwei Mitglieder unserer Sondereinheit waren gerade aufgestanden, um sich auf den Weg zu machen, aber sie hatten noch nicht mal die Büros unserer Abteilung verlassen, da bekamen sie einen Anruf von ihm. ›Ihr habt den falschen Durchsuchungsbefehl eingesteckt‹, sagte er. ›Meine Eltern nehmen solche Dinge sehr genau, womöglich halten sie euch noch für Betrüger.‹ Daraufhin warf Chenbing noch mal einen Blick auf den Durchsuchungsbefehl – er hatte tatsächlich den falschen mitgenommen, Genosse Kommandant!«

Der Kommandant legte seinen Bleistift sachte auf den Tisch und wartete schweigend darauf, dass sein Untergebener weitersprach, aber Chen hatte seinen Bericht offenbar beendet. Als sich der Kommandant eine Zigarette nahm, klopfte Chen hastig seine Hemdtaschen nach einem Feuerzeug ab, doch ohne Erfolg.

Eines der zwei Telefone auf dem Schreibtisch klingelte.

»Das ist er«, flüsterte Chen nach einem flüchtigen Blick auf die angezeigte Nummer. Der Kommandant blieb gelassen. Auf seinen Wink hin drückte Chen auf die Taste für die Freisprechanlage. Im nächsten Moment hörten beide eine Stimme, die auffallend jung und matt klang.

»Das Feuerzeug ist in der Aktenmappe.«

Chen wechselte einen Blick mit dem Kommandanten und blätterte die Mappe durch, die auf dem Tisch lag, ohne etwas zu finden.

»Es steckt in einer Akte. In der über die Reform des städtischen Einwohnermeldewesens.«

Chen nahm die Akte heraus, und das Feuerzeug fiel klirrend auf den Tisch.

»Das ist ein edles Stück, ein französisches Luxusfeuerzeug von S.T. Dupont aus massivem Palladium mit dreißig Diamanten auf jeder Seite, das kostet … ich schaue mal nach … 39.960 Yuan.«

Der Kommandant rührte sich nicht, während Chen den Kopf hob und das Büro musterte. Es war nicht das Büro des Kommandanten, sondern eines, das sie willkürlich unter den Räumen des Gebäudes ausgewählt hatten.

Die Zielperson fuhr fort mit ihrer Machtdemonstration: »Herr Kommandant, in Ihrer Schachtel Chunghwa-Zigaretten sind nur noch fünf Stück, und in Ihrer Hemdtasche haben Sie nur noch eine von den Mevacor-Tabletten zur Cholesterinsenkung. Sie sollten sich von Ihrer Sekretärin Nachschub besorgen lassen.«

Chen hob die Zigarettenschachtel vom Tisch auf, während der Kommandant die Tablettenpackung aus seiner Hemdtasche zog. In beiden Fällen erwiesen sich die Behauptungen der Zielperson als wahr.

»Hört auf, nach mir zu fahnden«, fuhr die Zielperson fort. »Ich sitze in der Klemme. Ich weiß nicht, was ich tun soll.«

»Können wir das in einem persönlichen Gespräch erörtern?«, fragte der Kommandant.

»Glauben Sie mir, das würde für beide Seiten in einer Katastrophe enden.« Damit legte er auf.

Chen atmete auf. Nun hatten seine Worte eine Bestätigung gefunden. Dass der Kommandant seine Worte als Unfug abtun könnte, hatte ihn mehr beunruhigt als die Kapriolen seines Gegenspielers. »Es ist gespenstisch …«, sagte er mit einem Kopfschütteln.

»Ich glaube nicht an Gespenster«, erwiderte der Kommandant. »Aber ich sehe Gefahr im Anzug.«

Zum vierten Mal in seinem Leben sah Chen den Blick des Kommandanten auf sich gerichtet.

2

Der Häftling und die Zielperson

Im Untersuchungsgefängnis Nr. 2 am Stadtrand

Song Cheng wurde in eine Zelle überführt, die bereits mit sechs Gefangenen belegt war. Die meisten von ihnen waren schon seit längerer Zeit in Haft. Kalte Blicke musterten ihn, und kaum hatte der Wärter die Tür hinter ihm geschlossen, erhob sich ein schmächtiger Kerl und baute sich vor ihm auf.

»He, Schweineschwarte!«, schrie er Song an. Als er die Verwirrung im Gesicht des Neuen sah, erklärte der Schmächtige: »Unsere Regeln hier besagen: Wir haben Große Schwarte, Zweite Schwarte, Dritte Schwarte … Und ganz zuletzt kommt Schweineschwarte, das bist du. He, glaub bloß nicht, wir schikanieren dich, weil du neu bist.« Er zeigte mit dem Daumen hinter sich auf einen vollbärtigen Mann, der in der Ecke lehnte. »Bao ist erst vor drei Tagen hierhergekommen, aber er ist schon Große Schwarte. Du dagegen bist vielleicht vorher ein ziemlich hohes Tier gewesen, aber hier bist du bloß ein Stück Dreck!« Er drehte sich zu dem Bärtigen um und fragte ihn respektvoll: »Wie sollen wir ihn empfangen?«

»Stereo«, war die gleichgültige Antwort.

16

Zwei Gefangene, die auf ihren Pritschen gelegen hatten, sprangen auf, packten Song an den Knöcheln und hoben ihn kopfüber in die Luft. Sie hielten ihn über das Klo und ließen ihn langsam hinunter, bis sein Kopf zum Großteil in der Kloschüssel hing.

»Sing uns was vor!«, kommandierte der Dünne. »Das bedeutet Stereo. Sing uns irgendein Schwulenlied wie ›Linke Hand, rechte Hand‹!«

Als Song nicht sang, lockerten sie ihren Griff, sodass sein Kopf ganz im Becken untertauchte und er zu Boden stürzte.

Mühsam zog er seinen Kopf wieder aus der stinkenden Brühe. Im nächsten Moment musste er sich heftig erbrechen. Die Geschichte, die man ihm angehängt hatte, machte ihn zur Zielscheibe der allgemeinen Verachtung, das wusste er nun.

Plötzlich zerstreuten sich seine fröhlichen Mitgefangenen und zogen sich flink zurück auf ihre Pritschen. Die Tür ging auf, und der Wärter von eben kam wieder herein. Angeekelt betrachtete er Song, der vor dem Klo kauerte. »Halt deinen Kopf mal unter den Wasserhahn! Du hast Besuch.«

Nachdem Song seinen Kopf gewaschen hatte, folgte er dem Wärter in ein geräumiges Büro. Sein Besucher erwartete ihn schon. Er hatte ein hageres Gesicht, wirres Haar und eine große Brille, und er wirkte noch sehr jung. In der Hand trug er einen großen Aktenkoffer. Song setzte sich teilnahmslos und ohne den Besucher eines Blickes zu würdigen. Weil der andere schon zu diesem Zeitpunkt die Erlaubnis zu einem Besuch erhalten hatte – und das hier und nicht im Besuchsraum mit der gläsernen Trennwand –, war sich Song sicher, auf welcher Seite sein Besucher stand. Umso überraschter hob er den Kopf, als sein Gegenüber mit den Worten begann:

»Ich heiße Bai Bing. Ich bin Ingenieur im Zentrum für Wettersimulation. Sie fahnden nach mir aus dem gleichen Grund wie bei Ihnen.«

Verwundert über die Art, wie sein Besucher redete, sah Song ihn an – statt zu flüstern, sprach Bai in einer normalen Lautstärke, als hätte er nichts zu verbergen.

Bai schien Songs Misstrauen zu bemerken. »Vor zwei Stunden habe ich den Kommandanten angerufen. Er wollte sich mit mir treffen, aber ich habe abgelehnt. Danach sind sie mir bis hierher gefolgt. Nur aus einem Grund haben sie mich noch nicht verhaftet: Sie sind neugierig auf unser Gespräch. Sie wollen wissen, was ich Ihnen sagen will. In diesem Moment belauschen sie gerade unsere Unterhaltung.«

Song ließ den Blick von seinem Besucher zur Decke wandern. Er konnte diesem Mann schwer glauben, und im Übrigen interessierte ihn die ganze Angelegenheit auch gar nicht. Selbst wenn er mit viel Glück der Todesstrafe entgehen sollte – seine geistige Hinrichtung war schon vollstreckt worden. Er war seelisch tot und brachte für nichts mehr Interesse auf.

»Ich kenne die ganze Wahrheit«, sagte Bai.

Über Songs Mundwinkel huschte der Anflug eines spöttischen Grinsens. Niemand kennt die Wahrheit außer denen, dachte er, aber er hatte keine Lust, es auszusprechen.

»Vor sieben Jahren begannen Sie für die Disziplinarkommission der Provinz zu arbeiten, und vor nicht mal einem Jahr hat man Sie in Ihre gegenwärtige Position befördert.«

Song hüllte sich weiter in Schweigen. Er war wütend, weil Bais Worte von Neuem die Erinnerungen heraufbeschworen, die er so angestrengt zu verdrängen suchte.

3

Der große Fall

Anfang dieses Jahrhunderts begann die Administration von Zhengzhou, der Hauptstadt der zentralchinesischen Provinz Henan, für eine Reihe von Stellen auf der Ebene stellvertretender Abteilungsleiter promovierte Akademiker einzustellen. Viele andere Städte folgten diesem Beispiel, und später machten sich auch einige Provinzregierungen diese Praxis zu eigen — nun sogar unabhängig vom Promotionszeitpunkt und für höhere Einstiegspositionen. Auf diese Weise demonstrierten die Behörden ihre Großherzigkeit und Umsicht, während sie in Wirklichkeit nur ihre politische Bilanz aufpolieren wollten. In diesem Sinne erwiesen sie sich tatsächlich als weitblickend, denn sie wussten genau: Diese jungen, hochqualifizierten Akademiker, die zwar Buchgelehrsamkeit, aber keinerlei politische Erfahrung mitbrachten, würden sich in der fremden, unbarmherzigen Welt der Politik hoffnungslos verirren wie in einem ungeheuren Labyrinth. Sie würden in dieser Sphäre niemals Fuß fassen. Die ganze Angelegenheit kostete nur wenige freie Stellen, bescherte den Anwerbern aber einen beträchtlichen politischen Nutzen.

Eine solche Gelegenheit veranlasste auch Song Cheng, der damals schon Jura-Professor war, die beschauliche Welt von Campus und Studierstube zu verlassen und sich in die Politik zu begeben. Die anderen Quereinsteiger warfen nach nicht einmal einem Jahr vollkommen resigniert das Handtuch, und das Einzige, was sie aus ihrem Scheitern mitnahmen, waren ihre zerplatzten Ideale. Song jedoch bildete eine Ausnahme: Er blieb nicht nur in der Politik, er machte sogar eine beachtliche Karriere.

Zu verdanken hatte er dies zwei Männern. Der eine war sein ehemaliger Kommilitone Lü Wenming. Während Song nach dem Bachelor-Examen die Aufnahmeprüfung für ein Masterstudium abgelegt hatte, hatte Lü die Beamtenprüfung bestanden. Dank seines guten familiären Hintergrundes, aber auch aufgrund seines eigenen Einsatzes war Lü in gut zehn Jahren zum jüngsten Sekretär einer Disziplinarkommission auf Provinzebene in ganz China aufgestiegen. Er war derjenige, der Song gedrängt hatte, in die Politik zu gehen. Als der weltfremde Gelehrte noch am Anfang seiner politischen Karriere gestanden hatte, hatte Lü ihn an der Hand genommen und ihn Schritt um Schritt vorangeführt. Stets war er ihm mit umsichtigen Ratschlägen zur Seite gestanden. Ohne seinen alten Studienfreund wäre Song in eine Falle nach der anderen getappt, so aber hatte er sich seinen Weg nach oben gebahnt.

Der andere Förderer, dem er Dank schuldete, war der Kommandant ...

Bei diesem Gedanken krampfte sich sein Herz zusammen.

»Sie müssen zugeben: Das war alles Ihre eigene Entscheidung. Man hatte Ihnen eine Hintertür offengelassen.«

Song nickte. Ja, das hatte man – und es war eine prächtige, komfortable Hintertür gewesen.

»Vor ein paar Monaten haben Sie sich mit dem Kommandanten getroffen«, fuhr Bai fort. »Sie erinnern sich bestimmt noch gut daran. Das war in einer Villa im Umland, am Ufer des Yang-Flusses. Normalerweise empfängt der Kommandant dort keine Außenstehenden. Als Sie aus dem Auto stiegen, bemerkten Sie, dass er Sie am Tor erwartete – eine Ehre, die er nur wenigen erweist. Nach einem herzlichen Händedruck führte er Sie in das Wohnzimmer. Die Einrichtung dort wirkte auf Sie im ersten Moment gewiss eher schlicht und bescheiden, aber da täuschen Sie sich: Allein schon die etwas alt aussehende Möbelgarnitur aus Mahagoni ist Millionen wert. Das einzige Gemälde im Raum – eine unscheinbare Bildrolle, die noch älter ist und bei genauerer Betrachtung Spuren von Mottenfraß zeigt – heißt ›Ansicht eines einsamen Tals‹ und stammt von Wu Bin, einem Maler aus der Ming-Dynastie. Der Kommandant hat es bei Christie's in Hongkong für acht Millionen Hongkong-Dollar ersteigert. Und der Tee, den er persönlich für Sie aufgebrüht hat, wurde beim Chinesischen Teewettbewerb mit fünf Sternen bewertet. Ein Pfund davon kostet 900.000 Yuan.«

Song erinnerte sich tatsächlich an den Tee, von dem der andere sprach. Die smaragdgrüne Flüssigkeit hatte kristallklar geschimmert, nur ein paar zarte Blätter waren gemächlich in der zierlichen Tasse getrieben, so entrückt wie die überirdische Melodie einer Zither … Ihm kam sogar wieder in den Sinn, was er in jenem Moment gedacht hatte: *Könnte die Welt da draußen doch auch so rein sein!* Mit einem Schlag war der Schleier der Apathie von seinem Geist gerissen und sein vorher so stumpfes Bewusstsein wieder geschärft. Mit schreckgeweiteten Augen starrte er sein Gegenüber an.

Wie konnte Bai all das wissen?

Die ganze Angelegenheit war ein absolutes Geheimnis, besser gehütet als jedes andere. Auf der ganzen Welt waren nicht mehr als vier Leute, er selbst mitgezählt, darin eingeweiht.

Und so brach Song endlich sein Schweigen: »Wer sind Sie?«

Bai lächelte. »Ich habe mich schon vorgestellt. Ich bin bloß ein ganz gewöhnlicher Kerl. Allerdings weiß ich nicht nur eine Menge – *ich weiß alles*. Oder ich bin zumindest in der Lage, alles zu erfahren. Aus genau diesem Grund will man mich erledigen, genauso wie man Sie erledigt hat.«

Dann fuhr Bai in seiner Erzählung fort.

»Der Kommandant setzte sich ganz dicht zu Ihnen. Eine Hand hatte er auf Ihr Knie gelegt, und der innige Blick, mit dem er Sie betrachtete, hätte jeden jungen Beamten ergriffen. Soweit ich weiß – und vergessen Sie nicht, ich weiß alles –, hatte er sich noch nie zuvor so vertraut gegeben. ›Junger Mann‹, sagte er zu Ihnen, ›machen Sie sich keine Sorgen. Wir sind Genossen, und solange wir nur offen und ehrlich miteinander sind, können wir über alles reden … Sie sind intelligent und tüchtig, und Sie besitzen Verantwortungsgefühl und ein Bewusstsein für Ihre Aufgabe. Besonders die beiden letzteren Eigenschaften sind unter jungen Kadern heutzutage so kostbar wie eine klare Quelle in der Wüste. Deshalb schätze ich Sie so sehr. In Ihnen erkenne ich mich selbst in jungen Jahren wieder.‹ Dazu muss man sagen, dass diese Worte vielleicht wirklich aufrichtig gemeint waren. Vorher hatte sich bei der Arbeit nur wenig Gelegenheit zum Gespräch zwischen Ihnen beiden ergeben, aber ein paar Mal, wenn Sie sich zufällig in den Bürofluren begegnet waren oder wenn Sie aus einer gemeinsamen Sitzung herauskamen, knüpfte der Kommandant von sich aus eine Unterhaltung mit Ihnen an. Dazu lässt er sich gegenüber niedriger gestellten Kollegen sonst nur selten herab, vor allem wenn sie noch so jung sind. Entsprechend genau hat Ihr Umfeld das registriert. Auch wenn er bei keiner Sitzung seiner Behörde je ein Wort für Sie eingelegt hat, war sein Verhalten Ihrer Karriere doch sehr förderlich.«

Song nickte erneut. Das alles war ihm nicht neu. Er hatte deswegen eine grenzenlose Dankbarkeit empfunden und immer nach einer Gelegenheit gesucht, sich bei seinem Wohltäter erkenntlich zu zeigen.

»Der Kommandant hob die Hand und gab einen Wink nach hinten. Sogleich trug jemand einen großen Stapel mit Akten und Dokumenten herein und legte ihn behutsam auf den Tisch. Gewiss haben Sie bemerkt, dass es sich bei dem Mann nicht um den Sekretär handelte, der dem Kommandanten für gewöhnlich zu Diensten steht. Der Kommandant strich mit der Hand über den Stapel und sagte: ›Die Arbeit, die Sie gerade abgeschlossen haben, belegt Ihre außerordentlichen Qualitäten zur Genüge. Dem gewaltigen Umfang Ihrer Untersuchung zum Trotz haben Sie keine Mühen gescheut, um Ihre Beweise zu sammeln. Ihr Material ist ausführlich und umfassend, Ihre Schlussfolgerungen sind tiefschürfend, und es ist kaum zu glauben, dass Sie all dies in nicht mehr als einem halben Jahr geleistet haben. Hätten wir mehr Beamte von Ihrem Schlag in der Disziplinarkommission, könnte sich die Partei wirklich glücklich schätzen.‹ Ich brauche Ihnen wohl nicht zu sagen, wie Sie sich in diesem Moment fühlten.«

Natürlich brauchte er das nicht – es war der schockierendste Augenblick in Songs Leben gewesen. Erst war er beim Anblick des Aktenstapels zusammengezuckt wie bei einem Stromschlag, dann war er zu Stein erstarrt.

»Alles begann mit einer Untersuchung im Auftrag der Disziplinarkommission des ZK. Es ging dabei um ein illegales Genehmigungsverfahren für staatlichen Grundbesitz … Ich erinnere mich, wie Sie als Kind einmal mit zwei Kameraden die Höhle erkundet haben, welche die Einheimischen die ›Höhle des ehrwürdigen Alten‹ nennen. Ihr Eingang ist nur einen halben Meter hoch, sodass Sie sich tief hinabducken mussten, aber im Innern tat sich vor Ihnen eine Halle auf, die so gewaltig war, dass das Licht Ihrer Taschenlampe nicht bis zur Kuppel drang. Sie sahen allerlei Fledermäuse durch den Lichtkegel flattern, und noch der kleinste Laut rief ein Echo hervor, das sich in der Ferne verlor. Die unheilschwangere Kälte kroch Ihnen bis ins Mark … Das ist ein anschauliches Bild für Ihre Untersuchung: Je weiter Sie Ihren scheinbar so gewöhnlichen Spuren folgten, desto weniger trauten Sie Ihren Augen. Je tiefer Sie drangen, desto gewaltiger war das Netzwerk der Korruption, das sich vor Ihren Augen entfaltete. Es erfasste die ganze Provinz, aber seine Fäden liefen an einem Ort, bei einem Mann, zusammen – und jetzt waren die streng vertraulichen Unterlagen, die Sie der Kommission des ZK vorlegen wollten, in den Händen ebendieses Mannes gelandet! Sie waren bei dieser Untersuchung auf das Schlimmste gefasst gewesen, aber das, was sich nun vor Ihren Augen abspielte, hätten Sie sich nie träumen lassen. Vollkommen fassungslos stammelten Sie: ›Wie … wie sind Sie an diese Unterlagen gekommen?‹ Mit einem gelassenen Schmunzeln gab der Kommandant erneut einen beiläufigen Wink, und schon erhielten Sie die Antwort: Lü Wenming, der Sekretär der Disziplinarkommission, kam hereinspaziert. Sie standen auf und funkelten ihn zornig an. ›Wie konntest du nur? Wie konntest du die Prinzipien unserer Organisation so verraten?‹ Lü winkte ab. Wütend unterbrach er Sie: ›Und warum hast du mir kein Wort davon gesagt?‹ – ›Solange du deine einjährige Schulung an der Parteischule des ZK absolvierst, habe ich die Leitung des Komitees inne‹, erwiderten Sie. ›Natürlich konnte ich dir nicht Bescheid sagen, das wäre ein Verstoß gegen die Regeln gewesen!‹ Lü schüttelte betrübt den Kopf. Er schien so traurig, als würde er gleich in Tränen ausbrechen. ›Denk doch nur mal an die Konsequenzen, wenn ich deine Unterlagen nicht noch rechtzeitig abgefangen hätte. Song Cheng, deine größte Schwäche ist dein ewiges Schwarzweißdenken – aber die Realität ist grau!‹«

Song seufzte tief. Er erinnerte sich daran, wie entgeistert er seinen alten Studienfreund angestarrt hatte. Er hatte es nicht fassen können, dass Lü so etwas sagte, denn eine solche Denkweise hatte er vorher nie durchblicken lassen. Der Abscheu gegenüber der innerparteilichen Korruption, den er in all ihren vertraulichen Gesprächen bis tief in die Nacht geäußert hatte, die Unerschütterlichkeit, mit der er allen Gefahren, allem äußeren Druck getrotzt hatte, und die tief empfundene persönliche Sorge um die Zukunft von Partei und Nation, die er oft noch im Morgengrauen ausgedrückt hatte, wenn sie wieder einmal eine Nacht durchgearbeitet hatten – war das alles etwa bloß geheuchelt gewesen?

»Es ist nicht so, dass Lü Sie betrogen hätte«, fuhr Bai fort. »Er hatte Ihnen bloß seine tiefsten Empfindungen nicht offenbart – ähnlich wie bei einem Omelette surprise, dem berühmten Dessert mit dem Eis unter der gebackenen Oberfläche: Der heiße und der kalte Teil sind gleichermaßen real. Aber der Kommandant blickte Lü nicht einmal an, sondern schlug mit der Hand auf den Tisch und rief: ›Grau? Ach was! Wenming, das mag ich an dir nicht. Genosse Song hat ganz vorzügliche Arbeit geleistet. Wir können ihm überhaupt keinen Vorwurf machen. In dieser Hinsicht ist er dir überlegen!‹ Dann wandte er sich wieder Ihnen zu und sagte: ›Mein lieber Song, Sie haben genau das Richtige getan. Ein Mann, vor allem wenn er noch jung ist, ist erledigt, wenn er seinen Glauben und seine Überzeugung, im Dienst einer großen Sache zu stehen, verloren hat. Für solche Leute habe ich bloß Verachtung übrig.‹«

Eines war Song besonders aufgefallen: Der Kommandant hatte nur ihn als jung bezeichnet, und das mit wiederholtem Nachdruck, obwohl Lü auch nicht älter war. Darin schwang eine deutliche Botschaft mit: *Du willst mich zum Kampf herausfordern? Für mich bist du bloß ein Kind.* Im Nachhinein musste Song ihm recht geben.

»›Aber, junger Mann‹, fuhr der Kommandant fort, ›man muss auch reifer werden. Ich gebe Ihnen ein Beispiel: Die Probleme mit den Hengyu-Werken für Elektrolytaluminium, die Sie in Ihrem Bericht aufdecken, bestehen tatsächlich, und sie sind sogar noch gravierender, als Sie ermittelt haben. Es geht dabei nicht bloß um gewöhnliche Vergehen von Chinesen, sondern auch um schwere Gesetzesverstöße, die die ausländischen Investoren gemeinsam mit chinesischen Regierungsbeamten begangen haben. Sobald wir diesen Verstößen nachgehen, werden sich die ausländischen Investoren mit Sicherheit zurückziehen. Damit würde das größte chinesische Unternehmen für Elektrolytaluminium vor dem Aus stehen. Das würde aber auch die Tongshan-Bauxit-Werke, die Hengyu mit Aluminiumoxid beliefern, in Not bringen. Als Nächstes wäre dann das Atomkraftwerk von Chenglin an der Reihe. Aufgrund der Energieknappheit vor einigen Jahren hat man es zu groß gebaut, und bei der derzeitigen starken Überproduktion von Elektroenergie in China findet der Strom dieses Kraftwerks hauptsächlich bei den Werken für Elektrolytaluminium Verwendung. Mit dem Aus von Hengyu würde also auch Chenglin vor dem Bankrott stehen. Und dann würden die Zhaoxikou-Chemiewerke, die Chenglin mit angereichertem Uran beliefern, in Schwierigkeiten geraten. Damit würden fast siebzig Milliarden Yuan staatliche Investitionen und dreißig- oder vierzigtausend Arbeitsplätze verlorengehen. Die Standorte dieser Unternehmen liegen in den Vororten unserer Provinzhauptstadt, sodass diese so wichtige Stadt über Nacht in Aufruhr geraten würde … Und der Fall Hengyu macht nur einen kleinen Teil Ihrer Untersuchung aus. Die Tatbestände, die Sie zusammengetragen haben, sind so gewaltig, dass auf Provinzebene ein Führungskader, auf Unterprovinzebene drei Führungskader, auf oberer Amtsebene zweihundertfünfzehn Kader und auf Abteilungsebene sechshundertvierzehn Kader darin verwickelt sind, von den unzähligen Kadern auf den unteren Ebenen ganz zu schweigen. Fast die Hälfte der erfolgreichen großen Unternehmen der Provinz und die vielversprechendsten Investitionsprojekte würden dadurch kompromittiert werden. Wenn Sie dieses Fass aufmachen, stürzen Sie die gesamte Provinz in eine schwere politische und wirtschaftliche Krise! Was ein so gigantischer Aufruhr sonst noch für furchtbare Folgen nach sich ziehen würde, wissen wir nicht und können wir unmöglich vorhersehen. Alles, was wir so mühsam aufgebaut haben – die politische Stabilität und das gesunde Wirtschaftswachstum unserer Provinz –, wäre auf einen Schlag zerstört. Und das soll im Interesse der Partei und unserer Nation sein? Junger Mann, Sie müssen aufhören, wie ein Jurist zu denken, der auf Teufel komm raus Gerechtigkeit nach dem Buchstaben des Gesetzes einfordert, auch wenn er damit eine Katastrophe heraufbeschwört. Das ist unverantwortlich. Nur in einem steten Gleichgewicht hat sich die Geschichte bis heute entwickelt – in einem Gleichgewicht der gegensätzlichsten Kräfte. Ohne Rücksicht auf ein solches Gleichgewicht immer nur den Weg der Extreme zu gehen, das ist in der Politik ein Zeichen größter Naivität.‹ Als der Kommandant schwieg, ergriff Lü das Wort: ›Ich regele diese Angelegenheit gegenüber dem ZK. Du kümmerst dich jetzt vor allem um die Arbeit der Kader in deiner Ermittlungsgruppe. Nächste Woche breche ich meine Schulung an der Parteischule ab und komme zurück, um dir zu helfen …‹ – ›Du Lump!‹ Erneut schlug der Kommandant so heftig auf den Tisch, dass Lü zusammenzuckte. ›So hast du also meine Worte verstanden? Du glaubst, ich will, dass Genosse Song seine Prinzipien und seine Pflicht verrät? Wenming, du kennst mich jetzt so viele Jahre – hältst du mich wirklich tief in deinem Herzen für einen so prinzipienlosen

Kerl ohne jede Parteigesinnung? Wann bist du nur so aalglatt geworden? Das stimmt mich traurig.‹ Dann wandte er sich wieder an Sie: ›Junger Mann, Sie haben in dieser Sache bis hierhin ganz vorzügliche Arbeit geleistet. Sie müssen nun unbedingt allen Störmanövern und allem Druck zum Trotz weitermachen, damit die korrupten Elemente ihre verdiente Strafe finden! Dieser Fall ist erschütternd. Wie könnten wir das vor dem Volk und vor unserem Gewissen verantworten, wenn wir die Übeltäter laufen ließen! Das, was ich Ihnen vorher gesagt habe, darf Sie nicht belasten. Als altes Parteimitglied habe ich Sie bloß ermahnt: Seien Sie vorsichtig, und beschwören Sie keine unabsehbar schweren Konsequenzen herauf. Aber eines ist vollkommen klar: Diesem massiven Korruptionsfall müssen Sie unbedingt auf den Grund gehen!‹ Mit diesen Worten zog der Kommandant ein Blatt Papier hervor und überreichte es Ihnen feierlich. ›Ist das weitreichend genug?‹«

Sie hatten Song einen Altar gebaut, auf dem sie ihm ihre Opfergaben darboten – das erkannte er sofort. Er warf einen Blick auf die Liste mit den Namen und wusste: Das war genug, mehr als genug, sowohl was den Rang als auch was die Zahl anging. Es würde ein Korruptionsskandal werden, der ganz China erschüttern musste, und er selbst würde mit der Klärung dieses Falls zum Helden der Nation, zum Inbegriff von Gerechtigkeit und Anstand werden. Aber gleichzeitig gab er sich keinen Illusionen hin: Was er in Händen hielte, wäre nicht mehr als der Schwanz, den eine Eidechse bei Gefahr abwarf. Die Eidechse selbst käme davon, und ihr Schwanz würde bald wieder nachwachsen. Als er den Blick des Kommandanten auf sich gerichtet sah, kam ihm sofort ein solches Reptil in den Sinn, und bei diesem Gedanken erschauderte er. Aber er wusste auch, dass der andere Angst hatte. Er, Song, hatte ihm diese Angst eingeflößt. Der Stolz, mit dem ihn dieses Bewusstsein erfüllte, verleitete Song zu einer maßlosen Selbstüberschätzung seiner Kräfte. Vor allem aber trieb ihn jenes namenlose Etwas an, das jedem idealistischen Gelehrten im Blut liegt. Und so fällte Song eine fatale Entscheidung.

»Sie standen auf und ergriffen den Aktenstapel mit beiden Händen. ›Gemäß den parteiinternen Kontrollstatuten‹, so erklärten Sie gegenüber dem Kommandanten, ›bin ich als Sekretär der Disziplinarkommission befugt, Kontrollen gegenüber Führungskadern desselben Rangs durchzuführen. Laut den Regeln können diese Unterlagen nicht bei Ihnen verbleiben, also nehme ich sie mit.‹ Lü wollte Sie aufhalten, aber der Kommandant gebot ihm wortlos Einhalt. An der Tür hörten Sie, wie Ihr alter Studienfreund in Ihrem Rücken finster vor sich hin brummte: ›Song Cheng, jetzt bist du zu weit gegangen.‹ Der Kommandant begleitete Sie zu Ihrem Auto. Zum Abschied schüttelte er Ihnen die Hand und sagte langsam: ›Bis bald, junger Mann.‹«

Erst später begriff Song die tiefere Bedeutung dieser Worte: *Bis bald, denn Ihnen bleibt nicht mehr viel Zeit.*

4

Der Urknall

»Wer sind Sie?« Voller Entsetzen starrte Song seinen Besucher an. Wie konnte ein Fremder so viel wissen? Niemand konnte das!

»Okay, graben wir nicht länger in Erinnerungen.« Bai winkte ab. »Damit ich Ihre Fragen beantworten kann, muss ich Sie kurz über die Hintergründe dieser Sache aufklären. Tja … Wissen Sie, was der Urknall ist?«

Entgeistert starrte Song sein Gegenüber an. Sein Gehirn brauchte eine Weile, um Bais letzte Worte zu verarbeiten. Endlich schaffte er es, irgendwie zu reagieren – und lachte.

»Sie haben ja recht«, beschwichtigte Bai. »Ich weiß, das kommt jetzt sehr abrupt, aber bitte glauben Sie mir: Ich bin nicht verrückt. Wenn ich Ihnen alles klarmachen soll, muss ich tatsächlich bei der Geburt des Universums, also beim Urknall, anfangen. Verdammt, wie erkläre ich Ihnen das am besten? Kehren wir zum Urknall zurück! Vielleicht wissen Sie schon ein bisschen was darüber. Unser Universum entstand vor etwa zwanzig Milliarden Jahren in einer gewaltigen Explosion. Die meisten Leute stellen sich diese Explosion als einen berstenden Feuerball in einem schwarzen Raum vor, aber dieses Bild geht völlig in die Irre, denn vor dem Urknall gab es absolut nichts, noch nicht einmal Raum oder Zeit. Es gab nur einen singulären Punkt ohne definierbare Größe, der sich in der Folge dramatisch ausdehnte – bis unser Universum seine heutige Gestalt erreichte. Alles, was existiert, wir selbst eingeschlossen, stammt von diesem sich ausdehnenden Punkt ab. Er ist der Same von allem. Die Theorie dahinter ist hochkomplex, und ich verstehe sie auch nicht ganz, aber für uns ist nur Folgendes von Belang: Dank der Fortschritte, die die Physik gemacht hat, und dank der Entwicklung einer Weltformel wie der Stringtheorie begreifen die Physiker allmählich die Struktur der Singularität. Sie haben dafür ein mathematisches Modell geschaffen, das sich vom früheren quantenmechanischen Modell grundlegend unterscheidet: Wenn in diesem neuen Modell die wesentlichen Parameter der Singularität vor dem Urknall feststehen, dann steht damit auch alles fest, was seitdem in unserem Universum geschehen ist. Dann durchzieht eine ununterbrochene Kausalkette die gesamte Entwicklung des Universums ...« Bai seufzte. »Verflixt, wie soll ich Ihnen das nur erklären?«

Er sah, wie Song den Kopf schüttelte. Entweder er hatte nichts davon verstanden – oder er wollte nichts mehr davon hören.

»Ich gebe Ihnen einen Rat«, fuhr Bai fort. »Vergessen Sie für einen Moment, was Sie alles durchgemacht haben. In Wahrheit bin ich nicht besser dran als Sie. Wie gesagt, ich bin bloß ein ganz gewöhnlicher Kerl, aber man jagt mich und will mich beseitigen. Mit mir wird es vielleicht ein noch schlimmeres Ende nehmen als mit Ihnen, denn ich *weiß alles*. Sie haben sich für Ihre Mission und Ihre Überzeugungen geopfert, aber ich – ich habe einfach nur ein Riesenpech. Und was für eins! Deshalb bin ich noch schlimmer dran als Sie.«

Songs trübseliger Blick sprach Bände: *Niemand ist schlimmer dran als ich.*

5

Das Komplott

Eine Woche nach dem Treffen mit dem Kommandanten wurde Song verhaftet. Die Anklage lautete: Mord.

Dass man zu unkonventionellen Mitteln greifen würde, um ihn zum Schweigen zu bringen, das hatte Song vorausgesehen. Die üblichen disziplinarischen und politischen Mittel wären bei jemandem wie ihm, der so viel wusste und auch schon die entsprechenden Schritte eingeleitet hatte, zu riskant gewesen. Aber dass sein Gegner so rasch und so brutal zuschlug, traf ihn dann doch unvorbereitet.

Der Tote war ein Nachtclubtänzer namens Luo Luo. Er war in Songs Auto gestorben. Die Türen waren von außen verschlossen gewesen, und in das Wageninnere hatte man zwei Gasflaschen mit Propan, wie man es für Feuerzeuge verwendet, geworfen. Die Flaschen hatte man aufgeschlitzt, sodass das hochkonzentrierte Gas restlos herausgeströmt war. Das Opfer war an Vergiftung gestorben. Als man Luo fand, hielt er noch sein zerschmettertes Handy umklammert, mit dem er versucht hatte, die Scheibe einzuschlagen.

Die Polizei trug reichlich Beweismaterial zusammen. Zweistündige Videoaufzeichnungen belegten, dass Song über drei Monate lang ein intimes Verhältnis mit dem Toten unterhalten hatte. Der belastendste Beweis aber war der Notruf, mit dem Luo Luo vor seinem Tod die Polizei alarmiert hatte:

»Schnell! Kommen Sie schnell! Ich kann die Autotür nicht öffnen! Ich bekomme keine Luft mehr, und ich habe Kopfschmerzen …«

»Wo sind Sie? Erklären Sie Ihre Situation genauer!«

»Song … Song Cheng will mich umbringen …«

Damit endete die Aufzeichnung.

Später fand die Polizei auf dem Handy des Opfers die Aufzeichnung eines kurzen Gesprächs zwischen ihm und Song:

Song: »Nun, wo wir schon so weit sind, machst du mit Xu Xueping besser Schluss.«

Luo Luo: »Aber wieso denn? Ich habe mit Xueping doch bloß eine ganz normale Affäre laufen. Das hat keinen Einfluss auf unsere Sache. Vielleicht hilft es uns sogar.«

Song: »Ich fühle mich dabei nicht wohl. Also zwing mich nicht, etwas dagegen zu unternehmen.«

Luo Luo: »Kumpel, das ist *mein* Leben.«

Das Komplott war äußerst professionell eingefädelt. Das Brillante daran war, dass die Beweise, die die Polizei gegen Song in der Hand hatte, fast zu hundert Prozent echt waren.

Tatsächlich hatte Song längere Zeit heimlich mit Luo Luo verkehrt. Man konnte ihren Umgang sogar intim nennen. Die beiden Aufnahmen waren nicht gefälscht. Allerdings war die zweite manipuliert.

Der Grund dafür, dass Song die Bekanntschaft mit dem Nachtclubtänzer gesucht hatte, war Xu Xueping. Als Generaldirektorin des Changtong-Konzerns war Xu wirtschaftlich eng verflochten mit vielen Knotenpunkten des Korruptionsnetzes und mit dessen Hintergründen und geheimen Funktionsweisen bestens vertraut. Natürlich konnte Song von ihr direkt keinerlei Informationen erhalten, aber mit Luo Luo hatte er eine undichte Stelle gefunden.

Der Tänzer versorgte ihn nicht etwa aus einem Gerechtigkeitsempfinden heraus mit Informationen. In seinen Augen war die Welt nur dazu gut, sich damit den Hintern abzuwischen. Er sann auf Rache.

Seine Stadt, gehüllt in den Rauch der Fabriken, lag nicht an der reichen Ostküste, sondern im Landesinnern, und unter den Großstädten dieser Größenordnung bildete sie das Schlusslicht, was das durchschnittliche Jahreseinkommen anging. Trotzdem gab es hier einige der luxuriösesten Nachtclubs von ganz China. In Peking mussten die Nachkommen hoher Kader einigermaßen auf ihren Ruf achten und konnten sich nicht so hemmungslos amüsieren wie die gewöhnlichen Neureichen; deshalb brausten sie an jedem Wochenende auf der Schnellstraße vier oder fünf Stunden ins Landesinnere, um in dieser Stadt zwei Tage und eine Nacht mit ihren verschwenderischen Ausschweifungen zu verbringen, ehe sie am Sonntagabend wieder nach Peking zurückrasten. Der Nachtclub namens Blue Wave, in dem Luo Luo arbeitete, war einer der luxuriösesten von allen. Ein Lied auf Wunsch kostete hier mindestens dreitausend Yuan, und jede Nacht wurden dutzendweise Cognacflaschen Martell oder Hennessy zu mehreren tausend Yuan das Stück verkauft. Aber der wahre Grund, dem das Blue Wave seine Berühmtheit verdankte, war die Tatsache, dass es nur weiblichen Gästen offenstand.

Anders als seinen Kollegen war es Luo Luo gleichgültig, wie viel seine Kundinnen ihm zahlten – entscheidend war die Relation. Wenn beispielsweise eine ausländische Angestellte mit einem Jahresgehalt von bloß zwei- oder dreihunderttausend Yuan (also eine der wenigen Hungerleiderinnen im Blue Wave) nur ein paar hundert Yuan für ihn übrig hatte, gab er sich damit zufrieden – nicht aber, wenn ihn die milliardenschwere Xu Xueping, die in den letzten Jahren schon südlich des Jangtse für Aufsehen gesorgt hatte und nun auch noch in beeindruckendem Tempo nach Norden expandierte, nach monatelanger Affäre mit vierhunderttausend Yuan abspeiste.

Es war alles andere als leicht, die Gunst von Xu zu gewinnen, und wenn seine Kollegen an seiner Stelle gewesen wären, hätten sie sich, um es mit Luo Luos Worten zu sagen, ein Loch in den Bauch gefreut. Er dagegen empfand bloß Hass. Als dann ein hochrangiger Disziplinarbeamter auftauchte, sah er die Gelegenheit zur Rache gekommen und setzte all seine Talente ein, um von Neuem mit Xu anzubändeln. Für gewöhnlich gab sie ihm gegenüber keine Interna preis, aber das änderte sich, wenn beide viel getrunken oder geschnupft hatten. Gleichzeitig war er kaltblütig genug, sich, wenn die Nacht am dunkelsten war, lautlos von der tief und fest neben ihm schlafenden Xu davonzustehlen, ihre Aktentasche und ihre Schubladen zu durchsuchen und von allem, was für ihn und Song von Nutzen war, Fotos zu machen.

Die Videoaufzeichnungen der Polizei, die die Beziehung

von Song und Luo Luo bewiesen, waren größtenteils im Haupttanzsaal aufgenommen worden. Meist richtete sich die Kamera zunächst auf die Bühne, auf der eine Schar aufreizender junger Männer wie entfesselt umherwirbelte. Dann schwenkte sie zu den kostspielig gekleideten weiblichen Gästen hinüber, die sich im Dunkel drängten und auf die Bühne zeigten, wobei sie gelegentlich ein zweideutiges Gekicher von sich gaben. Am Ende aber tauchten unweigerlich Song und Luo Luo im Bild auf. Gewöhnlich saßen sie in der hintersten Ecke und steckten die Köpfe zu einem Gespräch zusammen, das sehr intim wirkte. Als einziger männlicher Gast stach Song naturgemäß ins Auge.

Tatsächlich hatte er gar keine andere Wahl gehabt, denn meist konnte er nur hier im Blue Wave mit Luo Luo Kontakt aufnehmen. Doch obwohl es im Tanzsaal sehr dunkel war, waren die Aufnahmen gestochen scharf; offensichtlich hatte man ein extrem lichtempfindliches Hightech-Objektiv verwendet, eine Ausrüstung, über die normale Leute nicht verfügten. Also hatten sie ihn von Anfang an im Visier gehabt. Das zeigte ihm, wie naiv er gewesen war gemessen an seinem Gegner.

In jener Nacht wollte Luo Luo ihm seine neuesten Informationen mitteilen. Als Song ihn im Nachtclub traf, bat der Tänzer ihn ganz gegen seine Gewohnheit darum, dass sie sich in Songs Auto unterhielten. Nach ihrer Unterredung erklärte er, er fühle sich nicht wohl und wolle nicht in den Club zurückkehren, sonst würde ihn sein Chef gewiss gleich wieder auf die Bühne schicken. Deshalb wollte er sich eine Weile im Wagen ausruhen.

Song hatte den Verdacht, sein Informant wolle bloß Drogen nehmen, aber er konnte ihn schlecht aus dem Auto werfen. Also fuhr er zu seinem Büro, um ein paar Arbeiten zu erledigen, die am Tag liegengeblieben waren. Er hielt vor dem großen Gebäude, in dem seine Abteilung untergebracht war, und stieg aus, während Luo Luo im Wagen blieb. Als Song gut vierzig Minuten später wieder zurückkam, hatte man Luo Luo schon tot in dem mit Propangas geschwängerten Auto gefunden, und er musste die Tür von außen aufschließen.

Ein enger Freund von Song, der zu der Polizeieinheit gehörte, die die Ermittlungen übernahm, erzählte ihm, dass man an den Türschlössern des Autos keine Spuren von Gewalteinwirkung gefunden hatte. Auch aufgrund der übrigen Beweislage konnte man die Möglichkeit ausschließen, dass ein anderer den Mord begangen hatte. Deshalb war es nur natürlich, dass jedermann Song für den Mörder hielt. Er selbst dagegen wusste, dass es nur eine mögliche Erklärung gab: Luo Luo selbst hatte die Gasflaschen in den Wagen gebracht.

Diese Erkenntnis nahm ihm jede Hoffnung. Er gab alle Anstrengungen auf, sich reinzuwaschen – wenn jemand ihn mit dem eigenen Leben in eine Falle gelockt hatte, konnte er unmöglich daraus entkommen.

Dabei kam der Selbstmord des Tänzers nicht einmal überraschend – er war HIV-positiv getestet worden. Trotzdem musste ihn irgendjemand dazu angestiftet haben, Song mit seinem Tod zugrunde zu richten. Aber was hatte der Tänzer dadurch gewonnen? Was für eine Bedeutung konnte Geld für ihn jetzt noch haben? Oder hatte er das Geld für jemand anderen kassiert? Womöglich war es ihm auch gar nicht um Geld gegangen – aber worum dann? Welche Verlockung oder welche Angst war stärker gewesen als sein Durst nach Rache an Xu Xueping? Auf diese Fragen würde Song niemals eine Antwort finden, aber er erkannte nun deutlicher denn je, wie mächtig sein Gegner und wie einfältig er selbst war.

Das also war das Bild, das man sich nun von ihm machte: ein hochrangiger Kader der Disziplinarkommission, der ein verkommenes, perverses Leben geführt hatte und verhaftet worden war, weil er im Streit seinen schwulen Lover getötet hatte. Selbst dass er in seinen vorigen Liebesbeziehungen nach außen eine weiße Weste bewahrt hatte, würde die Öffentlichkeit nur als weiteren Beweis seiner Schuld auslegen. Als wäre er eine zertrampelte Wanze, würde bald jede Spur von ihm ausgelöscht sein. Und wenn sich doch einmal jemand an ihn erinnern sollte, wäre es die Erinnerung an ein Ungeziefer.

Inzwischen wusste er, warum er vorher so entschlossen gewesen war, sich notfalls für seine Überzeugungen zu opfern: weil er nicht geahnt hatte, was dieses Opfer bedeutete. Ganz selbstverständlich war er davon ausgegangen, ihm könnte nichts Schlimmeres als der Tod zustoßen. Doch dann musste er entdecken, dass sein Opfer weit grausamer ausfiel. Die Polizei hatte ihn einmal zu einer Durchsuchung seines Hauses mitgenommen. Seine Frau und seine Tochter waren beide daheim gewesen. Als er die Hand nach seiner Tochter ausgestreckt hatte, hatte sie voll Abscheu aufgeschrien und, in eine Ecke gekauert, in den Armen ihrer Mutter Zuflucht gesucht. Die Blicke, die beide ihm zugeworfen hatten, hatte er zuvor nur einmal gesehen – als er eines Morgens in der Mäusefalle unter dem Kleiderschrank eine tote Ratte gefunden und ihnen gezeigt hatte …

»Okay, lassen wir für den Moment erst mal so abstrakte Dinge wie den Urknall und die Singularität beiseite.« Bai riss sein Gegenüber aus den schmerzlichen Erinnerungen und stellte seinen großen Aktenkoffer auf den Tisch. »Werfen Sie mal einen Blick auf das hier.«

6

Der Superstringcomputer, die ultimative Kapazität und die Spiegelsimulation

»Das ist ein Superstringcomputer.« Bai tätschelte seinen Aktenkoffer. »Ich habe ihn aus dem Zentrum für Wetter-simulation mitgenommen. Sie könnten auch sagen: Ich habe ihn gestohlen. Nur ihm habe ich es zu verdanken, dass ich meinen Verfolgern immer wieder entwischen kann.«

Offenkundig irritiert, richtete Song seinen Blick auf den Aktenkoffer.

»So ein Gerät ist sehr teuer. Zurzeit gibt es davon nur zwei in der ganzen Provinz. Der Superstringtheorie zufolge handelt es sich bei den Elementarteilchen der Materie nicht um punkt-förmige Gebilde, sondern um unendlich feine eindimensio-nale Strings, die in einem elfdimensionalen Raum vibrieren. Wir sind jetzt in der Lage, diese Strings so zu steuern, dass sie auf ihrer Längendimension Informationen speichern und verarbeiten. Das ist das Prinzip, auf dem der Superstringcom-puter basiert. Was bei einem konventionellen Computer der Prozessor und der interne Speicher wären, ist bei einem Superstringcomputer nicht mehr als ein Atom. Die Schalt-kreise bauen auf der elfdimensionalen Mikrostruktur der

Strings auf. Diese Mikromatrix des Hyperraums eröffnet der Menschheit ein nahezu unbegrenztes Rechen- und Speichervermögen. Der Unterschied zwischen einem riesigen Supercomputer von früher und einem Superstringcomputer ist so groß wie der Unterschied zwischen unseren zehn Fingern und einem alten Supercomputer. Ein Superstringcomputer verfügt über eine fast grenzenlose Kapazität, das heißt, er kann den Zustand jedes Elementarteilchens im uns bekannten Universum speichern und berechnen. Und das bedeutet: Wenn wir drei räumliche und eine zeitliche Dimension zugrunde legen, kann ein Superstringcomputer auf atomarer Ebene ein Modell des gesamten Universums erstellen.«

Song blickte abwechselnd auf den Aktenkoffer und zu Bai. Inzwischen schien er seinem Gegenüber aufmerksam zuzuhören, aber in Wahrheit suchte er nur angestrengt nach einem Ausweg – einem Ausweg, den sein mysteriöser und so weitschweifig daherredender Besucher ihm aus seinen schmerzlichen Erinnerungen bahnen sollte.

»Tut mir leid, dass ich Ihnen so viel komisches Zeug von Superstringcomputern, Urknall und Singularität erzähle. Das hat zwar mit der Realität, mit der wir konfrontiert sind, scheinbar nichts zu tun, aber um Ihnen die ganze Geschichte zu erklären, kann ich diese Dinge nicht aussparen. Lassen Sie mich kurz etwas zu meinem Beruf sagen: Ich bin Softwareentwickler und spezialisiert auf Simulationssoftware. Das heißt, ich erzeuge ein mathematisches Modell und lasse es im Computer laufen, um damit einen bestimmten Gegenstand oder Prozess in der realen Welt zu simulieren. Eigentlich bin ich Mathematiker, deshalb mache ich beides: Modelle entwerfen und sie anschließend programmieren. In der Vergangenheit habe ich mich zum Beispiel mit Simulationen von Sandstürmen, von Bodenerosionen auf dem Lösshochland und von Trends der Energiewirtschaft in Nordostchina beschäftigt. Im Moment mache ich groß angelegte Wettersimulationen. Ich mag meine Arbeit – es ist wirklich spannend mitanzusehen, wie sich ein Teil der realen Welt im Computer entwickelt.«

Bai blickte zu Song hinüber, der ihn unverwandt anstarrte. Anscheinend hörte er aufmerksam zu, also fuhr Bai fort.

»Wissen Sie, in den letzten Jahren hat die Physik ähnlich wie Anfang des letzten Jahrhunderts eine Reihe von großen Durchbrüchen erlebt. Heutzutage können wir, wenn die Randbedingungen definiert sind, den Schleier der Quanteneffekte lüften und exakt vorhersagen, wie sich ein einzelnes Elementarteilchen verhalten wird. Wohlgemerkt: Das gilt auch für eine ganze Gruppe. Wenn die Zahl der Teilchen in so einer Gruppe groß genug ist, dann bilden sie ein makroskopisches Objekt. Das bedeutet: Wir können jetzt auf atomarer Ebene ein mathematisches Modell eines makroskopischen Objekts erzeugen. Diese Art von Simulation wird Spiegelsimulation genannt, weil sie mit hundertprozentiger Exaktheit das makroskopische Verhalten ihres Objekts abbildet – so als hätte man eine mathematische Spiegelung geschaffen … Ich gebe Ihnen ein Beispiel: Wenn ich mit einer Spiegelsimulation das mathematische Modell eines Eis erzeuge, das heißt, wenn ich den Zustand jedes Atoms, aus dem dieses Ei besteht, in die Datenbank meines Modells eingebe und danach das Modell im Computer laufen lasse, dann wird aus diesem virtuellen Ei – vorausgesetzt, die Randbedingungen stimmen – ein Küken schlüpfen. Und dieses virtuelle Küken in meinem Speicher wird mit dem in der Realität ausgebrüteten Küken bis auf die Spitze jeder Flaumfeder vollkommen identisch sein. Und jetzt denken Sie nur mal ein Stück weiter: Was, wenn wir ein größeres Objekt als ein Ei für unsere Simulation nehmen? Eines, das so groß ist wie ein Baum oder wie ein Mensch oder wie viele Menschen? Oder so groß wie eine Stadt, wie ein Land oder gar wie die ganze Erde?« Bai hatte sich in Feuer geredet und gestikulierte erregt. »Ich lasse meiner Fantasie gern freien Lauf und treibe die Dinge in Gedanken auf die Spitze. Also kam mir die Idee: Was, wenn das Objekt der Spiegelsimulation das ganze Universum wäre?« Die Begeisterung überwältigte ihn. »Überlegen Sie mal: das ganze Universum! Ein Universum, das in einem Computer läuft! Von seiner Geburt bis zur Zerstörung …«

Abrupt unterbrach Bai seinen erregten Redeschwall und stand plötzlich alarmiert auf. Im selben Moment öffnete sich lautlos die Tür, und zwei grimmig dreinschauende Männer kamen herein. Der Ältere der beiden sah Bai an und hob die Hände, um ihm zu signalisieren, er solle dasselbe tun. Unter der offenen Jacke des Polizisten sahen Bai und Song ein Pistolenhalfter. Gehorsam hob Bai die Hände. Der Jüngere der beiden tastete ihn sorgfältig ab, ehe er sich mit einem Kopfschütteln zu seinem Kollegen umdrehte. Dann nahm er den großen Aktenkoffer vom Tisch und stellte ihn von Bai weg.

Unterdessen ging der Ältere zurück zur Tür und machte eine einladende Geste nach draußen. Daraufhin kamen drei weitere Männer herein. Der erste war der städtische Polizeidirektor Chen Xufeng, der zweite der Sekretär der Provinz-Disziplinarkommission Lü Wenming. Als letzter trat der Kommandant ein.

Der jüngere Polizist zog ein Paar Handschellen hervor, aber Lü Wenming schüttelte den Kopf. Als Chen kaum merklich mit dem Kopf zur Tür deutete, verließen die beiden Polizisten in Zivil den Raum, wobei einer von ihnen vorher noch ein kleines Objekt – offensichtlich eine Wanze – von einem Tischbein entfernte und in seine Tasche steckte.

7

Das Ausgangsstadium

Bai Bings Gesicht verriet keinerlei Überraschung. Stattdessen lächelte er matt und erklärte: »Endlich haben Sie mich gefasst.«

»Wenn man es genau nimmt, sind Sie uns freiwillig in die Falle gelaufen«, erwiderte Chen. »Falls Sie wirklich hätten entkommen wollen, wären Sie nur schwer zu fassen gewesen, das muss ich zugeben.«

Lü blickte zu Song hinüber. Auf seinem Gesicht spiegelten sich widerstreitende Gefühle. Offensichtlich lag ihm etwas auf der Zunge, aber er beherrschte sich.

Der Kommandant schüttelte den Kopf und erklärte feierlich: »Ach, Genosse Song, wie konnten Sie nur so tief sinken …« Lange blieb er schweigend stehen, die Hände auf die Tischkante gestützt. Seine Augen waren feucht. Kein Außenstehender hätte an der Aufrichtigkeit seiner Trauer gezweifelt.

»Herr Kommandant, ich denke, dieses Theater können wir uns sparen«, bemerkte Bai kühl, der alles mitverfolgt hatte.

Der Kommandant rührte sich nicht.

»Sie haben ihn in eine Falle gelockt.«

»Haben Sie Beweise dafür?«, erwiderte der Kommandant gelassen und noch immer regungslos.

»Nach dem Treffen damals haben Sie nur einen Satz über

Herrn Song fallengelassen, und zwar zu ihm.« Bai deutete auf Chen. »Sie sagten: ›Xufeng, du weißt natürlich, was die Sache mit Song bedeutet. Wir dürfen uns keine Nachlässigkeit erlauben.‹«

»Und was soll das beweisen?«

»Vor Gericht natürlich gar nichts. Sie sind so gerissen und erfahren, dass Sie selbst in einem vertraulichen Gespräch nie aus der Deckung kommen. Trotzdem hat er« – erneut zeigte Bai auf Chen – »Sie genau verstanden, so wie er es immer tut. Mit der konkreten Ausführung des Komplotts hat er einen der beiden Männer von eben betraut. Er heißt Chenbing und ist sein tüchtigster Untergebener. Das Ganze war ein sehr aufwendiges Unterfangen. Auf die Einzelheiten brauche ich hier wohl nicht einzugehen.«

Der Kommandant drehte sich gemächlich um und setzte sich auf einen Stuhl neben dem Schreibtisch. Er hatte den Blick auf den Boden geheftet. »Junger Mann, ich muss zugeben, dass Ihr plötzliches Erscheinen uns in vielerlei Hinsicht überrumpelt hat. Um es mit den Worten von Polizeidirektor Chen zu sagen: Es war gespenstisch.« Er versank einen Moment in Schweigen, ehe er in aufrichtigem Ton fortfuhr: »Warum verraten Sie uns nicht Ihre wahre Identität? Falls die Zentrale in Peking Sie geschickt hat – glauben Sie mir bitte, dass wir Sie bei Ihrer Arbeit unterstützen werden.«

»Nein. Wie ich schon mehrfach erklärt habe: Ich bin nur ein ganz gewöhnlicher Kerl. Meine Identität entspricht der, die Sie schon ermittelt haben.«

Der Kommandant nickte. Es war nicht zu erkennen, ob ihn Bais Worte erleichterten oder noch tiefer beunruhigten.

»Setzt euch doch.« Der Kommandant gab Lü und Chen einen Wink. Dann beugte er sich zu Bai vor und verkündete feierlich: »Junger Mann, heute wollen wir reinen Tisch machen, einverstanden?«

Bai nickte. »Das ist auch meine Absicht. Ich fange von vorne an, ja?«

»Nein, das ist nicht nötig. Was Sie gerade zu Herrn Song gesagt haben, haben wir gehört. Fahren Sie einfach da fort, wo Sie unterbrochen wurden.«

Bai stockte. Er konnte sich im ersten Moment nicht erinnern, wo er aufgehört hatte.

»Eine Simulation des gesamten Universums auf atomarer Ebene«, half ihm der Kommandant auf die Sprünge. Als Bai augenscheinlich immer noch nicht wusste, wo er anfangen sollte, fuhr der Kommandant fort: »Junger Mann, ich glaube nicht, dass Ihre Idee machbar ist. Es stimmt, ein Superstringcomputer verfügt über unbegrenzte Kapazität und liefert für eine solche Simulation die nötige Hardware. Aber haben Sie das Problem des Ausgangsstadiums bedacht? Eine Spiegelsimulation des Universums müsste mit einem bestimmten Ausgangsstadium einsetzen. Mit anderen Worten: Um ein Modell des Universums auf atomarer Ebene zu erzeugen, müsste man, bevor man die Simulation startet, den Zustand sämtlicher Teilchen im Universum zu einem bestimmten Zeitpunkt in den Computer eingeben. Wie soll das gehen? Das geht nicht einmal mit dem Ei, das Sie erwähnt haben, vom Universum ganz zu schweigen. Die Zahl der Teilchen, aus denen ein einzelnes Ei besteht, ist um ein Vieltausendfaches größer als die Zahl sämtlicher Eier, die es jemals gegeben hat. Sogar mit einer Bakterie wäre es unmöglich, denn selbst eine Bakterie besteht aus einer gewaltigen Zahl von Teilchen. Aber selbst wenn wir einmal annehmen, Sie brächten die schier unvorstellbaren menschlichen und technischen Ressourcen auf, um das Ausgangsstadium eines so kleinen Objekts wie eine Bakterie oder gar ein Ei auf atomarer Ebene in den Computer einzugeben, was wäre dann mit den Randbedingungen, die Sie brauchen, damit Ihre Simulation läuft? Ich meine zum Beispiel die Außentemperatur, die Luftfeuchtigkeit und so weiter, die notwendig sind, damit aus dem Ei ein Küken schlüpft. Auch diese Randbedingungen würden auf atomarer Ebene noch einmal eine unvorstellbare Datenmenge bedeuten – vielleicht sogar noch größer als das Objekt der Simulation selbst.«

»Sie haben die technischen Probleme mit bewundernswerter Klarheit dargelegt«, sagte Bai mit ehrlicher Anerkennung.

»Der Herr Kommandant war zu seiner Zeit einer der besten Studenten im Bereich der Hochenergiephysik«, warf Lü ein. »Als man in der Reform- und Öffnungsperiode nach der Mao-Zeit wieder regulär studieren konnte, gehörte er zu den Ersten, die einen Master in Physik gemacht haben.«

Bai nickte Lü zu, ehe er sich wieder dem Kommandanten zuwandte. »Aber eines haben Sie vergessen: Es gibt einen bestimmten Zeitpunkt, an dem das Universum äußerst simpel beschaffen war, simpler noch als ein Ei oder eine Bakterie, ja sogar noch simpler als das simpelste Objekt in unserer heutigen Realität. Zu diesem Zeitpunkt war die Zahl seiner Teilchen gleich null, und es besaß weder Größe noch Struktur.«

»Die Singularität des Urknalls?«, sagte der Kommandant

wie aus der Pistole geschossen. Unter seinem gesetzten, bedächtigen Äußeren arbeitete offensichtlich ein scharfer, blitzschneller Verstand.

»Richtig, die Singularität des Urknalls. Die Superstringtheorie hat bereits ein perfektes Modell davon entwickelt. Wir müssen dieses Modell nur noch virtuell realisieren und im Computer laufen lassen.«

»Ganz recht, junger Mann, ganz recht!« In einer ungewöhnlichen Anwandlung von Erregung erhob sich der Kommandant, ging zu Bai hinüber und klopfte ihm auf die Schulter. Chen und Lü, die seinen Dialog mit Bai nur halb verstanden hatten, blickten ihn verwirrt an. »Ist das der Superstringcomputer, den Sie aus dem Forschungszentrum mitgenommen haben?« Der Kommandant zeigte auf den großen Aktenkoffer.

»Gestohlen«, korrigierte Bai.

»Ach ja? Egal. Dann ist die Software mit der Spiegelsimulation des Urknalls gewiss dort drauf?«

»Ja.«

»Dann lassen Sie sie doch mal für uns laufen!«

8

Das Schöpfungsspiel

Bai nickte, stellte den Aktenkoffer auf den Tisch und öffnete ihn. Abgesehen vom Display enthielt er noch einen zylinderförmigen Behälter. Der Prozessor selbst war so klein wie eine Zigarettenschachtel, aber weil der atomare Schaltkreis nur unter extrem niedrigen Temperaturen funktionierte, war er in den wärmeisolierten, mit flüssigem Stickstoff gefüllten Behälter getaucht. Bai klappte den Bildschirm hoch und bewegte die Maus. Sofort erwachte der Superstringcomputer aus seinem Ruhezustand, und der Monitor leuchtete auf wie ein schläfriges Auge, das sich öffnet. Eine einfache Benutzeroberfläche erschien. Sie bestand lediglich aus einem Dropdown-Menü und einer kleinen Überschrift:

Bitte wählen Sie die Parameter
zur Erschaffung der Welt

Bai klickte auf einen Pfeil neben dem Textfeld, und darunter erschienen lauter Reihen von Datensätzen. Jeder von ihnen enthielt ein gutes Dutzend Daten, und alle schienen sich erheblich voneinander zu unterscheiden.

»Die Eigenschaften der Singularität werden von achtzehn Parametern definiert«, erklärte Bai. »Die Zahl ihrer Kombinationsmöglichkeiten ist im Prinzip unendlich, aber aufgrund der Superstringtheorie können wir folgern, dass nur eine begrenzte Zahl von Kombinationen den Urknall bewirkt haben kann. Wie viele Kombinationen das aber genau sind, ist noch ein Rätsel. Wir sehen hier nur einen kleinen Teil von ihnen. Suchen wir einfach nach dem Zufallsprinzip eine aus.«

Er wählte einen Parametersatz, und der Bildschirm wurde sofort mattweiß. In der Mitte stachen zwei große Schaltflächen ins Auge:

[Starten]   [Abbrechen]

Bai drückte auf »Starten«. Nun blieb nur noch der weiße Bildschirmhintergrund übrig. »Das Weiß symbolisiert das Nichts. Es gab damals noch keinen Raum, und auch die Zeit hatte noch nicht angefangen. Es gab wirklich noch nichts.«

In der linken unteren Bildschirmecke tauchte eine rote Null auf.

»Diese Zahl zeigt an, wie weit sich das Universum entwickelt hat. Das Auftauchen der Null bedeutet, dass die Singularität schon entstanden ist. Aber weil sie keine definierbare Größe hat, sehen wir nichts von ihr.«

Der Wert der roten Zahl stieg in Windeseile.

»Sehen Sie? Der Urknall hat begonnen.«

In der Mitte des Bildschirms erschien ein kleiner blauer Punkt, der sich rasch zu einer blendend hellen Kugel ausdehnte. Die Kugel wuchs so rasant, dass sie bald den ganzen

Bildschirm einnahm. Prompt zoomte das Programm heraus, sodass die Kugel wieder zu einem fernen Punkt zusammenschrumpfte, aber das Universum wuchs weiter und füllte sogleich wieder den Bildschirm aus. Dieser Vorgang wiederholte sich in rascher Abfolge, so gleichmäßig wie der Takt zu einer majestätischen Sinfonie.

»Das Universum befindet sich jetzt in der Inflationsphase. Seine Expansionsgeschwindigkeit liegt weit über der Lichtgeschwindigkeit.«

Dann verlangsamte sich das Ausdehnungstempo, und die Software zoomte nicht mehr so häufig heraus. Mit der Abnahme der Energiedichte wandelte sich die Farbe der Kugel allmählich von Blau zu Gelb, ehe sie sich schließlich bei einem dunkler werdenden Rot stabilisierte. Der Bildausschnitt veränderte sich nun nicht mehr, auch wenn sich die Kugel, die inzwischen schwarz geworden war, noch langsam weiter ausdehnte.

»Okay, jetzt sind schon zehn Milliarden Jahre seit dem Urknall vergangen. Dieses Universum befindet sich jetzt in einem stabilen Entwicklungsstadium, also werfen wir mal einen näheren Blick darauf.« Bai bewegte die Maus, und die Kugel schoss vor. Der Bildschirm war nun völlig schwarz. »Wir befinden uns jetzt im Weltraum dieses Universums.«

»Und da ist überhaupt nichts?«, fragte Lü.

»Schauen wir mal.« Bei diesen Worten klickte Bai auf die rechte Maustaste, und ein kompliziertes Fenster sprang auf. Ein Programm begann die Gesamtmenge der Materie in dem Universum zu berechnen. »Oh, in diesem Universum gibt es nur elf Elementarteilchen.« Er öffnete einen großen Datensatz und studierte ihn sorgfältig. »Zehn Teilchen umkreisen einander jeweils in Zweierpaaren. Aber die Entfernung zwischen den beiden Teilchen in jedem Paar beträgt Dutzende Millionen Lichtjahre, und sie brauchen Millionen von Jahren, um sich relativ zueinander einen Millimeter zu bewegen. Das elfte Teilchen ist frei.«

»Elf Elementarteilchen? Viel Gerede um nichts«, warf Lü ein.

»Es gibt Raum, und zwar fast hundert Milliarden Lichtjahre im Durchmesser. Und es gibt Zeit, zehn Milliarden Jahre Zeit. Raum und Zeit sind die greifbarsten Zeichen der Existenz. Die Erschaffung dieses Universums ist noch ziemlich erfolgreich verlaufen. In vielen Universen, die ich früher erschaffen habe, ist der Raum bald kollabiert und nur noch die Zeit übrig geblieben.«

»Langweilig«, brummte Chen und wandte sich vom Monitor ab.

»Nein, das ist sehr interessant!« Der Kommandant freute sich. »Machen Sie das noch mal.«

Bai kehrte zum Ausgangsfenster zurück, wählte eine neue Kombination von Parametern und setzte einen weiteren Urknall in Gang. Dem ersten Eindruck nach verlief die Geburt dieses zweiten Universums weitgehend wie die des ersten. Wieder bildete sich eine expandierende, allmählich dunkler werdende Kugel. Fünfzehn Milliarden Jahre nach ihrer Erschaffung war die Kugel vollkommen schwarz geworden, und das Universum ging in ein stabiles Entwicklungsstadium über. Bai zoomte in das Innere. Diesmal gab selbst Chen, der von allen das geringste Interesse zeigte, einen Ausruf des Erstaunens von sich. Unter der schwarzen Leere des Alls dehnte sich ein silbriger Film endlos in alle Richtungen aus. Viele kleine Kugeln in allen möglichen Farben zierten diese Membran wie bunte Tautropfen, die auf einem ungeheuren Spiegel umherrollten.

Wieder öffnete Bai das Analysefenster. »Wir haben Glück«, erklärte er nach einer Weile. »Das ist ein sehr reichhaltiges Universum mit einem Radius von rund vierzig Milliarden Lichtjahren. Die Hälfte davon wird von einer Flüssigkeit eingenommen, die andere Hälfte ist leerer Raum. Mit anderen Worten: Dieses Universum besteht aus einem Ozean mit einer Tiefe und einem Radius von vierzig Milliarden Lichtjahren, und auf seiner Oberfläche treiben feste Himmelskörper.« Er zoomte näher auf den Ozean, und man konnte erkennen, wie die silbrige Oberfläche sanft auf und ab wogte. Dann tauchte ein Himmelskörper in Nahaufnahme auf. »Dieses schwimmende Objekt dort ist … ich sehe mal nach … ungefähr so groß wie der Jupiter. Wow, es dreht sich auch noch! Schauen Sie sich die Gebirge auf seiner Oberfläche an – sieht das nicht großartig aus, wenn sie aus dem Wasser auf- und wieder eintauchen? Nennen wir die Flüssigkeit einfach Wasser. Sehen Sie nur, wie das Wasser von den rotierenden Gebirgen aufgewirbelt wird! Auf der Oberfläche des Ozeans hat sich ein Regenbogen gebildet.«

»Das ist wirklich sehr hübsch, aber dieses Universum verstößt gegen die grundlegenden Gesetze der Physik«, wandte der Kommandant ein, während er den Bildschirm betrachtete. »Über einen Ozean von vierzig Milliarden Lichtjahren brauchen wir gar nicht zu reden, aber selbst ein Ozean von nur vier Lichtjahren wäre unter der Gravitationskraft längst zu einem schwarzen Loch kollabiert.«

Bai schüttelte den Kopf. »Sie haben den allergrundlegendsten Punkt vergessen: Das ist nicht unser Universum. Dieses Universum folgt seinen eigenen physikalischen Gesetzen, die von unseren grundverschieden sind. Unsere fundamentalen physikalischen Konstanten – die Gravitationskonstante, die Planck-Konstante, die Lichtgeschwindigkeit – gelten hier nicht. Vielleicht ergibt in diesem Universum eins plus eins nicht einmal zwei.«

Auf einen Wink des Kommandanten setzte Bai seine Demonstration fort und erzeugte ein drittes Universum. Als er in das Innere dieses Universums eintauchte, erschien auf dem Bildschirm ein chaotisches Wirrwarr aus Farben und Formen. Sofort schloss er das Fenster wieder. »Das ist ein sechsdimensionales Universum, deshalb sind wir nicht imstande, es zu betrachten. Tatsächlich ist so etwas der Normalfall. Wir hatten Glück, dass wir vorher zwei dreidimensionale Universen erschaffen haben. Nur in drei von elf Fällen nimmt ein Universum, nachdem es aus dem Hochenergiestadium abgekühlt ist, im makroskopischen Rahmen eine dreidimensionale Gestalt an.«

Das vierte Universum erregte bei seinem Erscheinen allgemeines Erstaunen. Es bestand aus einer endlosen schwarzen Ebene, die im rechten Winkel von zahllosen silbern funkelnden Linien durchkreuzt wurde. Nachdem er die Datenanalyse gelesen hatte, erklärte Bai: »Im Gegensatz zu dem vorigen Universum hat dieses hier nicht mehr, sondern weniger Dimensionen als unser Universum. Es ist ein zweieinhalbdimensionales Universum.«

»Zweieinhalbdimensional?« Der Kommandant war verblüfft.

»Sehen Sie: Diese zweidimensionale schwarze Ebene, die keinerlei Dicke hat, ist das All. Es hat einen Durchmesser von rund fünfhundert Milliarden Lichtjahren. Die leuchtenden Linien, die im rechten Winkel dazu verlaufen, sind die Sterne. Sie sind mehrere hundert Millionen Lichtjahre lang, aber unendlich dünn, denn sie sind eindimensional. Universen mit einer Bruchzahl von Dimensionen sind selten. Ich werde mir diesen Parametersatz notieren.«

»Ich habe eine Frage«, sagte der Kommandant. »Wenn Sie mit diesem Parametersatz noch einmal den Urknall initiieren würden, würde dabei dann genau dasselbe Universum herauskommen?«

»Ja, und auch seine weitere Entwicklung würde vollkommen identisch verlaufen. Mit dem Urknall entscheidet sich alles. Sehen Sie, nachdem die Physik den Nebel der Quanteneffekte durchdrungen hat, offenbart uns das Universum wieder seine streng kausale, deterministische Natur.« Bai blickte alle der Reihe nach an. »Bitte behalten Sie diesen Punkt im Gedächtnis«, betonte er nachdrücklich. »Das ist entscheidend, wenn Sie die furchterregenden Dinge verstehen wollen, mit denen wir nachher noch konfrontiert sein werden.«

»Es ist wirklich ein faszinierendes Gefühl, Gott zu spielen.« Der Kommandant seufzte. »So von allem losgelöst, so schwerelos. Das habe ich schon lange nicht mehr empfunden.«

»Genau das habe ich auch gefühlt.« Bai stand auf und ging umher. »Deshalb habe ich das Schöpfungsspiel immer wieder gespielt – bis jetzt schon über tausend Mal. Das erhabene Gefühl beim Anblick dieser über tausend Universen kann ich nicht in Worte fassen. Wie ein Drogensüchtiger bin ich immer und immer wieder dahin zurückgekehrt … Ich hätte dieses Spiel endlos fortsetzen können. Dann wären wir nie in Berührung miteinander gekommen, und unser Leben wäre immer weiter in seinen gewohnten Bahnen verlaufen. Aber dann … Ach, Scheiße. Es war Anfang dieses Jahres. Draußen schneite es. Es war schon zwei Uhr nachts und sehr still, da habe ich zum letzten Mal an diesem Tag einen Urknall ausgelöst, und der Superstringcomputer hat das Universum Nummer 1207 geboren – dieses hier …«

Bai kehrte an den Computer zurück, öffnete das Drop-down-Menü und wählte den letzten Satz von Parametern. Wieder begann ein Urknall. Das neue Universum dehnte sich mit seinem blauen Licht rasch aus, ehe es wieder zu schwarz erlosch. Mit einer Bewegung der Maus tauchte Bai neunzehn Milliarden Jahre nach seiner Erschaffung in dieses Universum ein, dem er die Nummer 1207 gegeben hatte.

Diesmal erschien auf dem Bildschirm ein funkelndes Sternenmeer.

»1207 hat einen Radius von rund zwanzig Milliarden Lichtjahren und ist dreidimensional. Die Gravitationskonstante beträgt in diesem Universum $6{,}67$ mal 10^{-11}, die Lichtgeschwindigkeit im Vakuum knapp 300.000 Kilometer pro Sekunde, und ein Elektron hat eine Ladung von $1{,}602$ mal 10^{-19} Coulomb. Die Planck-Konstante liegt bei $6{,}626$ …« Bai beugte sich zum Kommandanten vor und fixierte ihn mit einem Furcht einflößenden Blick. »In diesem Universum ergibt eins plus eins zwei.«

»Das ist unser Universum.« Der Kommandant nickte. Er wirkte immer noch gefasst, aber seine Stirn glänzte feucht.

9

Im Suchlauf
durch die Geschichte

»Nachdem ich Universum Nummer 1207 gefunden hatte, verbrachte ich über einen Monat damit, eine Suchmaschine mit der Fähigkeit zur Mustererkennung zu entwickeln. Danach habe ich anhand von astronomischen Datenbanken die geometrische Anordnung der Milchstraße und ihrer Nachbargalaxien – also zum Beispiel der Andromeda-Galaxie und der Magellan'schen Wolke – ermittelt und diese Anordnung im gesamten Universum gesucht. Das ergab über achtzigtausend Treffer. Unter diesen Treffern habe ich dann nach den Mustern der Milchstraße und ihrer Nachbargalaxien selbst gesucht. So konnte ich sehr schnell die Milchstraße lokalisieren.«

Vor dem pechschwarzen Hintergrund tauchte auf dem Bildschirm eine große silberne Spirale auf.

»Die Sonne war noch leichter zu orten – wir kennen ja schon ihre ungefähre Lage in der Milchstraße.« Mit dem Cursor zog Bai am Ende eines Spiralarms ein kleines Rechteck und vergrößerte diesen Bildausschnitt. »Dank der Mustererkennung habe ich die Sonne schnell gefunden.« Auf dem Bildschirm erschien eine blendend helle Kugel, die von einer großen Dunstscheibe umgeben war. »Ach ja, zu diesem Zeitpunkt waren in unserem Sonnensystem die Planeten noch nicht entstanden. Diese Scheibe aus interstellarem Staub bildet ihr Ausgangsmaterial.«

Bai rief eine Bildlaufleiste am unteren Monitorrand auf. »Sehen Sie? Hier kann ich die Zeit verändern.« Er bewegte den Schieberegler langsam vorwärts. Zweihundert Millionen Jahre flogen an ihnen vorüber. Die Staubscheibe rings um die Sonne war verschwunden. »Jetzt haben sich die neun Planeten schon gebildet. Anders als in einem Planetarium ist das hier eine maßstabsgerechte Abbildung, deshalb kostet es ein bisschen Mühe, die Erde zu finden. Ich rufe einfach die Koordinaten auf, die ich gespeichert habe.« Schon tauchte die jungfräuliche Erde – eine düstere Kugel – auf dem Bildschirm auf. Bai scrollte mit dem Mausrad, und die Erde rückte näher heran. »Wir gehen jetzt hinunter. Okay, nun sind wir auf einer Höhe von etwa zehntausend Metern.« Das Land unter ihnen war in dichten Nebel gehüllt, aber darunter zeichnete sich ein Netz aus rot leuchtenden Linien ab wie die Adern eines Embryos. Bai zeigte darauf und erklärte: »Das sind Lavaströme.« Eine Bewegung mit dem Mausrad, und er drang durch den dicken, sauren Nebel hindurch. Ein brauner Ozean erschien, und im nächsten Moment tauchte der Bildausschnitt schon hinab in die Fluten. Im trüben Wasser schwammen ein paar winzige Schwebstoffe. Die meisten von ihnen waren rund, aber es gab auch einige komplexer geformte Teilchen, die vor allem dadurch hervorstachen, dass sie sich von selbst bewegten und nicht bloß mit der Strömung trieben. Bai zeigte mit dem Cursor auf die winzigen Teilchen. »Das ist Leben. Es hat sich eben erst entwickelt.«

Er bewegte den Zeitschieber vorwärts, und Abermillionen Jahre sausten an ihnen vorüber. Der dichte Nebel, der die Erdoberfläche eingehüllt hatte, löste sich auf. Der Ozean wurde blau, das Land grün. Dann brach der Superkontinent Pangaea auseinander wie eine Eisscholle im Frühling. »Wenn Sie wollen, können wir uns die gesamte Evolutionsgeschichte anschauen einschließlich der großen Wellen des Artensterbens und der darauf folgenden explosionsartigen Entwicklung von neuem Leben. Aber um Zeit zu sparen, lassen wir das lieber. Gleich werden wir sehen, was das alles mit unserem Leben zu tun hat.«

Die Bruchstücke des zerfallenen Superkontinents trieben weiter auseinander, bis die Welt schließlich ihre vertrauten Konturen annahm. Bai änderte die Einstellung der Bildlaufleiste und bewegte sich nun nur noch vergleichsweise langsam durch die Zeit. »Okay.« Er hielt inne. »Hier erscheint der Mensch.« Behutsam rückte er den Schieberegler ein Stückchen weiter. »Und jetzt beginnt die Zivilisation. Das frühe Altertum kann man normalerweise nur im Großmaßstab betrachten. Konkrete Ereignisse zu finden ist ziemlich mühsam, von konkreten Personen ganz zu schweigen. So ein historischer Suchlauf basiert gewöhnlich auf zwei Parametern: Ort und Zeit. Beides ist in den historischen Aufzeichnungen aus grauer Vorzeit selten präzise, aber wir versuchen mal unser Glück. Achtung, wir gehen jetzt runter!«

Bai klickte auf eine Gegend am Mittelmeer, und in schwindelerregender Geschwindigkeit schoss der Bildausschnitt hinunter, bis eine einsame Küste auftauchte. Jenseits des gelben Sandstrands lag ein ausgedehnter Olivenhain.

»Das ist die Küste des antiken Troja«, sagte Bai.

»Und … können Sie zu der Zeit gehen, als die Stadt mit Hilfe des Trojanischen Pferdes erobert wurde?«, fragte Lü aufgeregt.

»Das Trojanische Pferd hat es nie gegeben«, erwiderte Bai trocken.

Chen nickte. »Das klingt ja auch wie ein Kinderspiel. In einem wirklichen Krieg funktioniert so was nicht.«

»Den Trojanischen Krieg hat es nie gegeben«, sagte Bai.

»Dann ist Troja aus einem anderen Grund untergegangen?«, fragte der Kommandant verwundert.

»Die Stadt Troja hat es nie gegeben.«

Die anderen drei sahen sich verdutzt an.

Bai deutete auf den Bildschirm. »Wir sehen jetzt, was wirklich an der Trojanischen Küste passiert ist zu der Zeit, als angeblich der Krieg stattfand. Wir können fünfhundert Jahre vor- und zurückschauen …« Während er behutsam die Maus bewegte, flackerte auf dem Bildschirm die Küste im rasenden Wechsel von Tag und Nacht. Der Olivenhain veränderte in Windeseile seine Gestalt, und am Ende des Strandes tauchten ein paar kleine Hütten auf. Ab und zu sah man ein paar winzige menschliche Schemen durch das Bild schießen. Die Hütten wurden mal mehr, mal weniger, aber zu mehr als einem Dorf gediehen sie nie. »Sehen Sie? Das große Troja hat nur in der Fantasie einiger Dichter existiert.«

»Aber wie ist das möglich?«, rief Lü aus. »Vom Anfang des letzten Jahrhunderts haben wir doch archäologische Beweise! Man hat damals sogar die … die goldene Maske des Agamemnon ausgegraben.«

»Agamemnons goldene Maske? So 'ne Scheiße!« Bai lachte laut. »Später wird der Suchlauf dann immer einfacher, weil die historische Quellenlage quantitativ und qualitativ immer besser wird. Machen wir noch einen Abstecher.«

Er zoomte wieder heraus auf eine Erdumlaufbahn und gab per Hand die zeitlichen und räumlichen Koordinaten ein. Der Blick senkte sich auf Westasien, und sofort zeigte der Bildschirm eine Wüste. Im Schatten einiger Tamarisken lagen ein paar Männer. Sie waren in Gewänder aus zerschlissenem grobem Tuch gehüllt, ihre Haut war braungebrannt, ihr Haar lang und strähnig von Sand und Schweiß – von Weitem sahen sie aus wie ein Haufen Lumpen. »Sie sind nicht weit von einem muslimischen Dorf, aber weil dort die Pest grassiert, trauen sie sich nicht hinein.«

Ein hochgewachsener, hagerer Mann setzte sich auf und blickte sich um. Nachdem er sich vergewissert hatte, dass seine Gefährten schliefen, nahm er einen tiefen Zug aus dem schafledernen Wassersack seines Nebenmannes und zog aus der abgewetzten Reisetasche eines anderen ein Stück Fladenbrot hervor, brach sich ein Drittel von dem Brot ab und steckte es in seine eigene Tasche. Dann legte er sich mit zufriedener Miene wieder hin.

»Ich habe das in normaler Geschwindigkeit zwei Tage lang laufen lassen. Dabei habe ich ihn fünfmal Wasser und dreimal Fladenbrot klauen sehen.« Mit dem Cursor zeigte Bai auf den Mann, der sich gerade wieder schlafen gelegt hatte.

»Wer ist das?«

»Marco Polo. Es war gar nicht so einfach, ihn zu finden. Aber das Gefängnis in Genua, in dem er eingesperrt war, hat mir ziemlich genaue räumliche und zeitliche Anhaltspunkte geliefert. Nachdem ich ihn dort ausfindig gemacht hatte, habe ich seine Spur zurückverfolgt bis zu dem Seekrieg, an dem er teilgenommen hat. So habe ich noch weitere Merkmale entdeckt, die mir geholfen haben, ihn zu identifizieren. Dann habe ich einen großen zeitlichen Sprung zurückgemacht bis hierher. Wir sind jetzt in der Nähe der Stadt Bam im heutigen Iran, das gehörte damals zu Persien. Aber ich hätte mir all die Mühe schenken können.«

»Dann ist er also auf dem Weg nach China«, sagte Lü. »Sie müssten ihm folgen können bis in den Palast von Kublai Khan.«

»Er war nie in irgendeinem Palast.«

»Sie meinen, während seiner Chinareise hat er nur mit den einfachen Leuten verkehrt?«

»Marco Polo war überhaupt nie in China. Der endlos lange und höchst gefährliche Weg dorthin hat ihn abgeschreckt. Deshalb hat er sich ein paar Jahre in Westasien herumgetrieben und dann später die Gerüchte, die er unterwegs aufgeschnappt hatte, seinem Zellenkumpan, dem Schriftsteller, erzählt, und der hat daraus dann den großen Reisebericht gemacht.«

Einmal mehr tauschten seine drei Zuhörer verdutzte Blicke.

»Danach wird es noch leichter, konkrete Personen oder Ereignisse zu finden. Machen wir es noch einmal, diesmal in der Neuzeit.«

In einem großen, dunklen Raum standen ein paar Männer in Offiziersuniformen der Qing-Dynastie um einen breiten Tisch, auf dem eine große Karte – vielleicht eine Seekarte –

ausgebreitet war. Weil es so düster war, konnte man ihre Gesichter nicht erkennen.

»Das ist eine Besprechung im Hauptquartier der Nordflotte, die dann später im Ersten Chinesisch-Japanischen Krieg so vernichtend geschlagen wurde.«

Einer der Offiziere sagte etwas, aber weil sein südchinesischer Akzent so stark und die Tonqualität so schlecht war, konnte man ihn nicht verstehen. Bai erklärte: »Er meint, bei der Küstenverteidigung sollten sie nicht nur auf große Schlachtschiffe setzen. Statt ihr bisschen Geld für einige wenige schwere, gepanzerte Schiffe aus dem Westen auszugeben, sollten sie lieber eine größere Zahl von dampfbetriebenen Torpedobooten kaufen. Zusammen würden diese Boote, von denen jedes vier bis sechs Gastorpedos an Bord nehmen könnte, ein mächtiges Geschwader bilden. Klein und wendig, wie diese Boote sind, könnten sie dem Geschützfeuer der japanischen Kriegsschiffe ausweichen und aus kurzer Distanz angreifen … Ich habe eine Reihe von Marineexperten und Militärhistorikern befragt, und sie alle sind einhellig der Meinung: Wenn man damals auf diesen Mann gehört hätte, wäre die chinesische Nordflotte aus der entscheidenden Seeschlacht am Yalu als Sieger hervorgegangen. Er war seiner Zeit voraus. Er erkannte als Erster die Vorteile des neuen Waffentyps und die Schwächen der traditionellen Strategie, die auf große Kriegs- und Schlachtschiffe setzte.«

»Wer war das?«, fragte Chen. »Deng Shichang?«

Bai schüttelte den Kopf. »Fang Boqian.«

»Was? Der Feigling, der mit seinem Kreuzer gleich von der ersten Schlacht im Gelben Meer geflohen ist?«

»Genau der.«

»Mein Gefühl sagt mir: Das ist der wahre Lauf der Geschichte«, sagte der Kommandant nachdenklich.

Bai nickte. »Ganz genau. An diesem Punkt ist bei mir das Gefühl der Erhabenheit verschwunden, und ich bin in Trübsinn versunken. Ich entdeckte, dass die Geschichte, wie wir sie kennen, im Wesentlichen ein Schwindel ist. Unsere historischen Heldengestalten sind zum Großteil schamlose Betrüger und Intriganten, die sich, gestützt auf ihre Macht, selbst ein Denkmal gesetzt haben. Von den anderen, die ihr Leben lang für Gerechtigkeit und Wahrheit gekämpft haben, haben zwei Drittel ein stummes, tragisches Ende im Staub der Geschichte gefunden, und niemand erinnert sich mehr an sie. Und dem restlichen Drittel ist es wie Herrn Song ergangen: Sie wurden in einem solchen Maß verleumdet, dass ihre Namen auf ewig mit Schimpf und Schande bedeckt sind. Nur einem verschwindend kleinen Teil von ihnen – kleiner als die Spitze eines Eisbergs – hat das historische Gedächtnis Gerechtigkeit widerfahren lassen.«

Erst in diesem Moment bemerkten alle, dass Song Cheng, der die ganze Zeit geschwiegen hatte, im Stillen neuen Mut gefasst hatte: Mit leuchtenden Augen hatte er sich erhoben, wie ein zu Boden gestreckter Krieger, der seine Waffe ergreift und ein neues Schlachtross besteigt.

10

Im Suchlauf
durch die Gegenwart

»Danach haben Sie die Gegenwart von Universum Nummer 1207 erkundet, nicht wahr?«, fragte der Kommandant.

»Stimmt, ich habe den virtuellen Spiegel auf das Jetzt gerichtet.« Bei diesen Worten schob Bai den Schieberegler für die Zeit ans äußerste Ende. Der Blickwinkel kehrte wieder zurück in den Weltraum; von hier aus wirkte der blaue Planet nicht anders als Jahrtausende zuvor. »Unsere Realität im virtuellen Spiegel von Universum Nummer 1207 sieht so aus: Jahrzehntelang hat unsere Provinz Energie und natürliche Ressourcen exportiert, aber bis heute haben wir, wenn man von Bergbau und Stromerzeugung mal absieht, keine soliden industriellen Strukturen geschaffen. Wir haben nur Umweltverschmutzung, große ländliche Gebiete, die immer noch unterhalb der Armutsgrenze liegen, eine hohe Arbeitslosigkeit in den Städten und eine Verschlechterung der öffentlichen Sicherheit ... Natürlich wollte ich auch mal den Leuten, die bei uns an der Macht sind, auf die Finger schauen – was ich da zu sehen bekommen habe, brauche ich Ihnen ja nicht zu erzählen.«

»Welches Ziel haben Sie damit verfolgt?«, fragte der Kommandant.

Bai lächelte bitter und schüttelte den Kopf. »Glauben Sie bloß nicht, dass ich so noble Ziele hatte wie er.« Er zeigte auf Song. »Ich war nur ein ganz gewöhnlicher Kerl, der mit sich und der Welt im Reinen war. Was kümmerten mich Ihre Spielchen! Eigentlich wollte ich mich gar nicht mit Ihnen anlegen, aber dann … Ich habe so viel Arbeit in diese Supersimulationssoftware gesteckt, da wollte ich natürlich auch einen praktischen Nutzen daraus ziehen. Also habe ich einige von Ihren Leuten angerufen, um sie um eine bescheidene Summe zu erleichtern …« Mit plötzlicher Entrüstung fuhr er fort: »Warum mussten Sie denn gleich so überreagieren? Warum wollten Sie mich unbedingt beseitigen? Mit dem Geld wäre doch alles erledigt gewesen … Na ja, das war alles, was ich Ihnen sagen wollte.«

Die fünf Männer versanken in ein langes Schweigen. Stumm betrachteten sie das Bild der Erde auf dem Monitor. Dies also war die reale Erde in einem virtuellen Spiegel, der auch sie selbst erfasste.

Chen ergriff als Erster wieder das Wort. »Können Sie mit diesem Computer wirklich alles beobachten, was in der Welt je geschehen ist?«

»Ja. Jedes Detail aus Vergangenheit und Gegenwart ist in diesem Computer gespeichert, und diese Daten kann ich nach Belieben analysieren. Egal, wie geheim etwas ist, ich kann es mir anschauen – ich muss nur die betreffenden Daten aus dem Speicher aufrufen. Im Prozessor ist ein virtueller Spiegel der gesamten Welt auf atomarer Ebene gespeichert, deshalb sind alle Daten beliebig abrufbar.«

»Können Sie das beweisen?«

»Nichts leichter als das. Gehen Sie aus dem Raum, wohin Sie wollen, und tun Sie, was Sie wollen. Und dann kommen Sie zurück.«

Chen blickte erst den Kommandanten, dann Lü an, ehe er aus dem Zimmer ging. Zwei Minuten später kehrte er zurück, den Blick wortlos auf Bai geheftet.

Bai bewegte die Maus so, dass der Blickwinkel aus dem All hinabschoss und über der Stadt hängen blieb, die nun den ganzen Bildschirm ausfüllte. Er schwenkte den Bildausschnitt und hatte im Handumdrehen das Untersuchungsgefängnis Nummer 2 am Stadtrand gefunden mit dem dreistöckigen Gebäude, in dem sie sich aufhielten. Im nächsten Moment glitt der Blickwinkel schon in das Gebäude hinein und einen leeren Gang im ersten Stock entlang, bis das Bild bei zwei Polizisten in Zivil innehielt, die auf einer Bank saßen. Der eine von ihnen, Chenbing, zündete sich gerade eine Zigarette an. Zu guter Letzt tauchte im Bild die Tür des Büros auf, in dem sie alle saßen.

»Im Moment hinkt der virtuelle Spiegel der Realität, die sich gerade ereignet, nur 0,1 Sekunden hinterher. Aber nun gehen wir ein paar Minuten zurück.« Bai bewegte den Zeitschieber ein winziges Stückchen nach links.

Auf dem Bildschirm ging die Tür auf, und Chen kam heraus. Die zwei Polizisten im Gang schossen von ihrer Bank hoch, aber Chen gab ihnen mit einem Wink zu verstehen, sie sollten sich wieder setzen, und ging in die andere Richtung weiter. Der Bildausschnitt folgte Chen, als wäre ihm jemand mit einer Videokamera auf den Fersen. Im virtuellen Spiegel betrat er die Toilette, zog eine Pistole aus seiner Hosentasche, entsicherte sie und steckte sie wieder in die Tasche. Bai hielt das Bild an und drehte es in den unterschiedlichsten Winkeln wie eine 3-D-Animation. Als Chen die Toilette verließ, folgte ihm der Bildausschnitt wieder zurück in das Büro und zeigte die vier Männer, die dort auf ihn warteten.

Der Kommandant betrachtete den Monitor mit unbewegter Miene. Lü warf Chen einen wachsamen Blick zu.

»Dieses Ding ist wirklich beeindruckend«, brummte Lü dann mit finsterem Gesicht.

»Ich zeige Ihnen gleich etwas, das sogar noch eindrucksvoller ist«, erwiderte Bai und hielt das Bild an. »Weil das Universum im virtuellen Spiegel auf atomarer Ebene gespeichert ist, können wir jedes Detail darin aufspüren. Schauen wir also mal, was Herr Chen in seiner Jackentasche hat.«

Auf dem Standbild zog Bai ein Quadrat um Chens Jackentasche. Dann öffnete er eine Benutzeroberfläche und entfernte mit einer Reihe von Befehlen die Außenseite der Tasche. Darunter kam ein kleiner zusammengefalteter Zettel zum Vorschein. Um den Zettel zu kopieren, drückte Bai Ctrl C, dann startete er ein Programm zur Verarbeitung von 3-D-Modellen und fügte die kopierten Daten ein. Mit ein paar weiteren Befehlen faltete er den Zettel auseinander. Es war ein ausländischer Verrechnungsscheck über 250.000 US-Dollar.

»Und nun gehen wir der Herkunft dieses Schecks auf den Grund.« Bai schloss die Bildbearbeitungssoftware und kehrte zu dem Standbild mit den vier Männern zurück. Mit einem Rechtsklick auf den Scheck rief er eine Menüleiste auf und wählte »Zurückverfolgen«. Der Scheck begann zu flimmern, und das gesamte Bild geriet in Bewegung. Die Zeit lief nun rückwärts: Der Kommandant und seine drei Begleiter sausten rückwärts erst aus dem Büro, dann aus dem Gebäude und in ein Auto. Chen und Lü trugen Kopfhörer – offenbar belauschten sie gerade das Gespräch von Bai und Song. Während der Suchlauf weiterlief, wechselten in einem fort die Schauplätze, aber das Suchobjekt – der flimmernde Scheck – blieb stets im Bildmittelpunkt, so als würde er Chen von einer Szene zur nächsten mitreißen. Endlich sprang der Scheck aus seiner Jackentasche in einen kleinen Obstkorb. Der Korb wiederum hüpfte aus Chens Hand heraus und in die Hand eines anderen. In diesem Moment hielt Bai das Bild an.

»Lassen wir es ab hier laufen.« Er startete die Wiedergabe in normaler Geschwindigkeit. Vermutlich sahen sie nun Chens Wohnzimmer. Ein Mann mittleren Alters in einem schwarzen Anzug stand dort, in der Hand den Obstkorb. Offenbar war er gerade eingetreten. Chen saß auf einem Sofa.

»Herr Chen, der Herr Generaldirektor schickt mich, um Ihnen seine Dankbarkeit für das letzte Mal zu bezeigen. Eigentlich wäre er gern selbst gekommen, aber dann dachte er sich, es wäre doch besser, Sie nicht zu oft zu besuchen, damit kein Gerede aufkommt.«

»Wenn Sie zurückgehen«, erwiderte Chen, »sagen Sie Herrn Wen: Nun, da alles geregelt ist, darf er keine krummen Geschäfte mehr machen. Wenn er immer wieder den Bogen überspannt, schadet das uns allen – und dann darf er sich nicht wundern, wenn ich die Geduld verliere.«

»Aber ja, wie könnte Herr Wen Ihre freundliche Ermahnung vergessen. Neben seinem sozialen Engagement – er hat schon vier Grundschulen in armen Regionen errichtet – bemüht er sich nun auch um politische Fortschritte: Er ist bereits zum Abgeordneten des Nationalen Volkskongresses unserer Stadt gewählt worden!« Mit diesen Worten stellte der Besucher den Obstkorb auf den Teetisch.

Chen winkte ab. »Nehmen Sie das wieder mit.«

»Es liegt Herrn Wen fern, Ihnen irgendetwas Besonderes zu schenken. Er möchte doch nicht Ihren Unmut erregen. Das sind bloß ein paar Früchte zum Ausdruck seiner Freundschaft. Wenn Sie wüssten: Sobald der Herr Generaldirektor über Sie spricht, kommen ihm die Tränen. Er nennt Sie unseren großen Wohltäter.«

Als der Besucher gegangen war und Chen hinter ihm die Tür geschlossen hatte, kehrte er zum Teetisch zurück und schüttete das Obst aus dem Korb. Dann nahm er den Scheck, der darunter versteckt gelegen hatte, und steckte ihn in seine Tasche.

Der Kommandant und Lü warfen Chen einen abschätzigen Blick zu. Offensichtlich hatten sie von alldem nichts gewusst. Wen Xiong war der Generaldirektor der Licheng-Gruppe, eines mächtigen Unternehmens, das in vielen Bereichen, darunter Catering und Fernreisen, tätig war. Sein Startkapital verdankte es den Profiten, die Wens Verbrechersyndikat mit dem Drogenhandel machte. Unter seiner Herrschaft war die Stadt zu einer wichtigen Drehscheibe auf der Drogenroute zwischen dem südchinesischen Yunnan und Russland geworden. Von Wens erfolgreicher neuer Karriere als legaler Unternehmer profitierten auch seine Drogengeschäfte, sodass die Stadt mit Rauschgift überschwemmt wurde und die öffentliche Sicherheit verfiel. Und hinter den Kulissen fungierte Chen Xufeng als eine mächtige Lebensversicherung für Wens schmutzige Geschäfte.

»Sie haben Dollar kassiert? Dann wollen Sie das Geld bestimmt an Ihren Sohn überweisen.« Bai grinste. »Schließlich wird sein Studium in den USA ganz allein von Wen Xiong finanziert ... Apropos, wollen wir mal schauen, was er dort auf der anderen Seite der Erde gerade so treibt? Nichts leichter als das. In Boston ist es jetzt zwar schon Mitternacht, aber als ich ihn die letzten beiden Male gesehen habe, hat er um diese Uhrzeit auch noch nicht geschlafen.« Bai zoomte ins All, drehte die Erde um 180 Grad und tauchte über dem nordamerikanischen Festland wieder hinab. An der atlantischen Küste fand er die Stadt, die er gesucht hatte, und inmitten des funkelnden Lichtermeers hatte er so rasch die fragliche Wohnung ausgemacht, dass es offensichtlich nicht das erste Mal sein konnte. Der Bildausschnitt glitt in ein Schlafzimmer und zeigte eine peinliche Szene: Ein junger Chinese vergnügte sich mit zwei Prostituierten, einer weißen und einer schwarzen.

»Sehen Sie jetzt, wie Ihr Sohn Ihr Geld ausgibt, Herr Chen?«

Wütend klappte Chen den Bildschirm um.

Tief betroffen, versanken die Männer erneut in ein langes Schweigen.

Schließlich fragte Lü: »Warum sind Sie in den letzten Tagen immer nur davongelaufen? Haben Sie nie daran gedacht, sich auf eine ... ehrbarere Weise aus Ihrer Bedrängnis zu befreien?«

»Sie meinen, indem ich der Disziplinarkommission Bericht erstatte?«, erwiderte Bai. »Das klingt nach einer ausgezeichneten Idee. Am Anfang hatte ich auch diesen Gedanken, aber dann habe ich im virtuellen Spiegel mal die führenden Mitglieder dieser Kommission näher in Augenschein genommen.« Er warf Lü einen Blick zu. »Sie können sich ja denken, was ich gesehen habe. Ich wollte nicht so enden wie Ihr alter Studienfreund. Hätte ich mich also an die Staatsanwaltschaft und die Abteilung für Korruptionsbekämpfung wenden sollen? Der Generalstaatsanwalt Guo und der Abteilungsleiter Chen gehen den meisten schwerwiegenden Vorwürfen sicher gewissenhaft und unparteiisch nach, aber von einigen Fällen lassen sie lieber die Finger, und wenn ich mit meinem Bericht zu ihnen käme, würden sie sich sofort Ihnen anschließen, um mich zu beseitigen. Wo hätte ich sonst hingehen können? Hätte ich die Medien dazu bringen sollen, alles aufzudecken? Sie alle kennen sicher die Schlüsselfiguren in den Nachrichtenmedien unserer Provinz – haben nicht genau diese Leute lauter Lobeshymnen auf die Erfolge des Kommandanten gesungen? Zwischen einem solchen Journalisten und einer Prostituierten besteht nur ein Unterschied: Sie verkaufen jeweils einen anderen Teil von sich … Das ist ein einziges großes Netzwerk, in dem man keinen Faden ungestraft anrühren kann. Ich konnte also nirgendwohin gehen.«

»Sie hätten zur Zentrale in Peking gehen können«, sagte der Kommandant. Seine Miene war unbewegt, aber er beobachtete Bais Reaktion genau.

Bai nickte. »Das war die einzige Wahl, die mir noch blieb. Aber ich bin ein Niemand ohne irgendwelche Beziehungen. Deshalb habe ich zuerst Herrn Song aufgesucht, um einen zuverlässigen Kontakt zu finden – trotz Ihrer Verfolgung.« Er zögerte einen Moment, ehe er fortfuhr: »Diese Entscheidung ist mir nicht leichtgefallen. Sie sind alle nicht auf den Kopf gefallen. Sie kennen die Konsequenzen.«

»Diese Technologie wird in aller Welt bekannt werden.«

»Ganz recht. Und damit wird der Nebelschleier, der die Geschichte und die Gegenwart verhüllt, hinweggefegt werden. Alles und jedes im Gestern und im Heute, und sei es noch so verborgen, wird nackt im grellen Licht zutage treten. Dann werden Licht und Finsternis eine nie dagewesene Entscheidungsschlacht austragen, und die Welt wird im Chaos versinken …«

»Doch am Ende wird das Licht als Sieger daraus hervorgehen.« Song, der die ganze Zeit geschwiegen hatte, ergriff das Wort. Er ging zu Bai und blickte ihm in die Augen. »Wissen Sie, woher die Finsternis ihre Kraft nimmt? Aus ihrer wesenhaften Verborgenheit. Sobald man sie dem Licht aussetzt, verliert sie ihre Kraft. Bei den meisten Fällen von Korruption ist es genauso. Und Ihr virtueller Spiegel wird alle Finsternis in ein blendendes Licht tauchen.«

Der Kommandant wechselte einen Blick mit Chen und Lü. Schweigen senkte sich über den Raum. Bai klappte den Monitor des Superstringcomputers wieder auf. Da schwebte die Erde, wie sie der virtuelle Spiegel auf atomarer Ebene geschaffen hatte, still im All.

»Eine Chance haben wir noch.« Der Kommandant stand abrupt auf. An Lü und Chen gewandt, wiederholte er: »Eine Chance müssten wir noch haben.« Er legte Bai die Hand auf die Schulter. »Warum verschieben wir den Zeitregler nicht in die Zukunft?«

Bai, Chen und Lü blickten ihn verständnislos an.

»Wenn wir die Zukunft präzise vorhersehen könnten, könnten wir sie in der Gegenwart entsprechend verändern und so den Lauf der Geschichte von morgen bestimmen. Damit aber würden wir alles kontrollieren … Junger Mann, meinen Sie nicht, dass das möglich ist? Vielleicht können wir gemeinsam die Verantwortung schultern, die Geschichte von morgen zu machen.«

Als Bai begriff, was der Kommandant meinte, schüttelte er mit einem bitteren Lächeln den Kopf. Er verlängerte die Zeitleiste mit dem Cursor über den Nullpunkt im Jetzt hinaus in die Zukunft und sagte: »Probieren Sie es selbst.«

11

Die Endlosschleife

Mit einer Geschwindigkeit, die man an ihm noch niemals erlebt hatte, stürmte der Kommandant an den Computer. Er erinnerte auf beängstigende Weise an einen hungrigen Adler, der sich auf ein Küken stürzt, das er am Boden erspäht hat. Mit einer geübten Bewegung verschob er den Zeitzeiger mit dem Cursor über den Nullpunkt, aber im selben Moment, in dem der Schieber in die Zukunft eintrat, tauchte ein Fenster mit einer Fehlermeldung auf:

Stack Overflow

Bai nahm dem Kommandanten die Maus aus der Hand. »Starten wir die Fehlersuche, damit wir Schritt für Schritt die Ursache finden.«

Das Simulationsprogramm kehrte zu dem Zustand zurück, bevor der Fehler aufgetreten war, und lief nun in Einzelschritten ab. Als der reale Kommandant den Schieber über den Nullpunkt schob, tat es ihm der simulierte Kommandant im virtuellen Spiegel nach. Das Fehlersuchprogramm zoomte sogleich auf den Monitor des Superstringcomputers im virtuellen Spiegel, auf dem man nun auf einer zweiten Ebene einen weiteren Kommandanten sehen konnte, der gleichfalls den

Schieber hinter die Null stellte. Daraufhin zoomte das Programm auf den virtuellen Monitor des Superstringcomputers auf der dritten Ebene … Auf diese Weise tauchte die Fehlersuche Ebene um Ebene tiefer, und auf jeder Ebene zog ein virtueller Kommandant den Schieberegler über den Nullpunkt – eine unendliche Schleife.

»Das ist eine Rekursion«, sagte Bai. »Ein Programm, bei dem ein Algorithmus sich selbst aufruft. Unter normalen Umständen findet es eine Lösung, wenn es eine begrenzte Anzahl von Ebenen durchlaufen hat, und verfolgt dann die Kette von Selbstaufrufen zurück. Aber hier sehen wir eine Endlosschleife, die sich endlos selbst aufruft und niemals eine Lösung findet. Und weil sie bei jedem Aufruf die Daten der vorigen Ebene im Stapelspeicher ablegen muss, kommt es zu einem Stapelüberlauf, wie wir ihn gerade gesehen haben, einem sogenannten Stack Overflow. Bei einer Endlosschleife gerät selbst der Superstringcomputer mit seiner ultimativen Kapazität an seine Grenzen.«

»Ah.« Der Kommandant nickte.

»Das bedeutet: Auch wenn die gesamte Geschichte des Universums schon mit dem Urknall festgeschrieben wurde, können wir die Zukunft immer noch nicht erkennen. Für Leute, die den deterministischen Gedanken, der auf der absoluten Herrschaft der Kausalität beruht, verabscheuen, ist das vielleicht ein kleiner Trost.«

»Ah …« Wieder nickte der Kommandant, aber diesmal zog er sein »Ah« in die Länge.

12

Das Zeitalter des Spiegels

Bai bemerkte eine seltsame Veränderung an dem Kommandanten. Als wäre irgendetwas aus seinem Körper entfernt worden, schien sein ganzer Leib zu schrumpfen, so als hätte er die Kraft verloren, sich aufrecht zu halten, und würde jeden Moment in sich zusammensacken. Sein Gesicht war aschfahl, sein Atem beschleunigte. Beide Hände auf die Stuhllehnen gestützt, ließ er sich langsam niedersinken. Er bewegte sich so mühsam und vorsichtig, als fürchtete er, seine Knochen könnten brechen.

»Junger Mann, Sie ... haben mein Lebenswerk zerstört«, sagte er schleppend. »Sie haben gewonnen.«

Bai blickte zu Chen und Lü hinüber und merkte, dass beide genauso fassungslos waren wie er selbst. Song dagegen stand stolz erhobenen Hauptes zwischen ihnen, und sein Gesicht strahlte im Glanz des Sieges.

Da erhob sich Chen langsam und zog seine Pistole aus der Hosentasche.

»Lass das«, sagte der Kommandant. Seine Stimme war nicht laut, aber von einer ungeheuren Autorität. Die Pistole in Chens Hand erstarrte in der Luft. »Waffe weg«, befahl der Kommandant, aber Chen rührte sich nicht.

»Genosse Kommandant, wir müssen an diesem Punkt entschlossen handeln. Wir haben eine gute Entschuldigung, sie zu töten – sie haben sich ihrer Festnahme widersetzt und zu fliehen versucht ...«

»Waffe weg, du tollwütiger Hund!«, brüllte der Kommandant.

Die Hand mit der Pistole sackte herab. Langsam drehte sich Chen zum Kommandanten. »Ich bin kein tollwütiger Hund. Ich bin ein treuer Hund, ein dankbarer Hund! Ein Hund, der Sie niemals verraten wird! Jemand wie ich, der sich von ganz unten hochgekämpft hat, weiß sich anständig zu benehmen gegenüber seinem Wohltäter. Denn ohne Sie wäre ich nie so weit gekommen. Sie können mir vertrauen, auch wenn ich nicht so aalglatt bin wie diese Akademiker.«

»Was soll denn das jetzt heißen?« Lü Wenming, der lange geschwiegen hatte, stand auf.

»Jeder weiß, was ich meine. Anders als andere Leute halte ich mir nicht bei jedem Schritt ein paar Hintertüren offen. Wo ist denn meine Hintertür? Auf wen kann ich jetzt noch bauen, wenn ich mich nicht selbst schütze?«

»Es bringt Ihnen gar nichts, mich zu töten«, bemerkte Bai ruhig. »Das wäre nur der schnellste Weg, um den virtuellen Spiegel in aller Welt bekanntzumachen.«

»Jeder Idiot kann sich denken, dass er solche Vorkehrungen trifft, um sich abzusichern«, zischte Lü dem Polizeidirektor zu. »Du hast wirklich den Verstand verloren.«

»Natürlich war mir klar, dass der Junge nicht so blöd sein würde«, erwiderte Chen. »Aber auch wir haben unsere technischen Ressourcen. Wenn wir alle Hebel in Bewegung setzen, können wir den virtuellen Spiegel vielleicht zerstören.«

Bai schüttelte den Kopf. »Unmöglich! Herr Chen, wir leben im Internetzeitalter. Informationen zu verstecken oder zu verbreiten ist kinderleicht, zumal wenn man wie ich im Verborgenen operiert. Sie können dieses Spiel nicht gewinnen, selbst wenn Sie Ihre besten Experten aufbieten. Ich könnte Ihnen sogar erzählen, wo ich meine Sicherungskopien versteckt habe und wie sie nach meinem Tod aktiviert werden, und Sie wären trotzdem machtlos. Die Ausgangsparameter zur Erschaffung des Universums sind sogar noch leichter zu verstecken und zu verbreiten, also vergessen Sie es.«

Chen steckte die Pistole langsam zurück in seine Hosentasche und ließ sich niedergeschlagen auf einen Stuhl sinken.

»Sie glauben wohl, Sie stünden jetzt auf dem Gipfel der Geschichte, was?«, sagte der Kommandant matt zu Song.

»Nein, die Gerechtigkeit steht auf dem Gipfel der Geschichte«, erwiderte Song feierlich.

»Ganz recht, der virtuelle Spiegel wird uns vernichten. Aber seine Zerstörungskraft geht weit darüber hinaus.«

»In der Tat: Er wird alles Böse vernichten.«

Der Kommandant nickte schwerfällig.

»Und danach wird er alles vernichten, was zwar nicht direkt böse, aber doch schmutzig und unanständig ist.«

Wieder nickte der Kommandant. »Und am Ende wird er die gesamte menschliche Zivilisation zerstören.«

Bei diesen Worten stutzten die anderen.

»Der menschlichen Zivilisation haben sich nie zuvor so glanzvolle Zukunftsperspektiven eröffnet«, entgegnete Song. »Die große Entscheidungsschlacht zwischen Gut und Böse wird sie von allem Schmutz reinwaschen.«

»Und dann?«, fragte der Kommandant ruhig.

»Dann wird das große Zeitalter des Spiegels anbrechen. Die gesamte Menschheit wird sich einem Spiegel gegenübersehen, der noch die kleinsten Taten jedes Einzelnen in aller Klarheit offenbart. Nicht das geringste Vergehen wird dann noch verborgen bleiben, und niemand, der sich schuldig gemacht hat, wird am Ende seiner gerechten Strafe entgehen. Es wird eine Zeit ohne Dunkel sein, eine Zeit, in der das Licht der Sonne noch in den letzten Winkel dringt und in der die menschliche Gesellschaft so rein wie ein Kristall ist.«

»Mit anderen Worten: eine tote Gesellschaft«, sagte der Kommandant und blickte seinem Gegenüber in die Augen.

»Ob Sie uns das wohl erklären könnten?«, fragte Song mit dem spöttischen Unterton des Siegers.

»Stellen Sie sich vor, in der DNA wären niemals Fehler aufgetreten, und sie hätte sich auf ewig exakt reproduziert und weitervererbt – wie sähe das Leben auf der Erde dann heute aus?«

Während Song noch überlegte, antwortete Bai an seiner Stelle: »Dann gäbe es heute kein Leben, denn die Evolution basiert auf Mutationen, die von fehlerhafter DNA erzeugt werden.«

Der Kommandant nickte Bai zu. »Genauso verhält es sich mit der Gesellschaft. Ihre Fortentwicklung und ihre Vitalität basieren auf dem Impuls, von der konventionellen Moral abzuweichen. In allzu klarem Wasser kann kein Fisch mehr leben. Eine Gesellschaft, die keinerlei moralische Fehltritte kennt, ist tot.«

»Dass Sie Ihre Verbrechen damit rechtfertigen wollen, ist doch lachhaft«, sagte Song verächtlich.

»Nicht unbedingt«, warf Bai zur allgemeinen Überraschung ein. Er zögerte einige Sekunden, als müsste er sich erst dazu durchringen weiterzureden. »Ehrlich gesagt, gibt es noch einen anderen Grund, warum ich die Spiegelsoftware nicht öffentlich machen wollte: Mir behagt die Vorstellung auch nicht besonders, dass die Welt über so einen virtuellen Spiegel verfügt.«

»Fürchten Sie das Licht etwa so wie die da?«, stellte Song ihn zur Rede.

»Ich bin ein ganz gewöhnlicher Kerl. Ich habe keine finsteren Verbrechen begangen, aber das Licht, von dem Sie reden, kann ja ganz unterschiedliche Gestalt annehmen. Wenn Ihnen mitten in der Nacht ein Scheinwerfer ins Schlafzimmer strahlt, ist das Lichtverschmutzung. Ich gebe Ihnen ein Beispiel: Ich bin erst seit zwei Jahren verheiratet und leide schon unter gewissen … ästhetischen Ermüdungserscheinungen. Deshalb habe ich mit einer Studentin, die als Praktikantin bei uns arbeitet, etwas angefangen. Meine Frau ahnt davon natürlich nichts, und alle fahren gut damit. Im Zeitalter des Spiegels könnte ich so nicht mehr leben.«

»Sie führen ein unmoralisches, unverantwortliches Leben!«, ereiferte sich Song.

»Aber tun wir das nicht alle? Hat nicht jeder irgendetwas zu verbergen? Wer heutzutage glücklich sein will, muss auch mal fünf gerade sein lassen. Wer hat denn schon das Zeug zu einem solchen Heiligen wie Sie? Wenn der Spiegel die ganze Menschheit in lauter Heilige verwandelt, wo … Scheiße, wo bleibt denn da der Spaß?«

Der Kommandant lachte, und selbst auf die vorher so finsteren Gesichter von Lü und Chen trat ein Ausdruck der Belustigung.

»Junger Mann«, sagte der Kommandant und klopfte Bai auf die Schulter, »zu den Höhen der Moral haben Sie sich zwar nicht aufgeschwungen, aber Sie haben das Problem wesentlich tiefer durchdacht als unser Gelehrter hier.« Bei diesen Worten wandte er sich Song zu. »Nun, da es für uns ganz sicher kein Entrinnen mehr gibt, können Sie Ihren Hass auf uns und Ihren Rachedurst beiseiteschieben. Jemand wie Sie, der über eine so profunde Kenntnis der Sozialphilosophie verfügt, wird doch wohl nicht im Ernst so einfältig sein zu glauben, die Geschichte sei das Produkt von Tugend und Gerechtigkeit?«

Die Worte des Kommandanten nahmen Song den Wind aus den Segeln. Der glühende Überschwang, in den ihn sein Triumph versetzt hatte, war abgekühlt. »Es ist meine Pflicht, das Böse zu bestrafen, das Gute zu beschützen und die Gerechtigkeit hochzuhalten«, sagte er nach einem Moment des Zögerns in deutlich ruhigerem Ton.

Der Kommandant nickte befriedigt. »Sie haben mir keine direkte Antwort gegeben, und das ist gut so – es zeigt, dass Sie doch nicht ganz so einfältig sind.«

Plötzlich zuckte der Kommandant zusammen, als hätte man ihn mit kaltem Wasser übergossen. Er schien aus einem Dämmerzustand erwacht zu sein. Jedes Anzeichen von Schwäche war wie weggefegt, und seine schon verloren geglaubte Energie schien in seinen Körper zurückgekehrt. Er erhob sich von seinem Platz, knöpfte sich gemessen den Kragen zu und glättete sorgfältig die Falten seiner Kleidung. Dann wandte er sich mit größtem Ernst an Lü und Chen. »Genossen, achtet bitte von nun an auf das, was ihr tut, und auf das Bild, das ihr abgebt. Schließlich entgeht dem Spiegel nichts.«

Auch Lü erhob sich mit würdevoller Miene. Wie der Kommandant brachte er zunächst seine Kleidung in Ordnung, ehe er mit einem langen Seufzer bemerkte: »Ja, von nun an wacht der Himmel über uns.«

Chen blieb regungslos mit gesenktem Kopf stehen.

Der Kommandant blickte sie alle der Reihe nach an. »Gut, ich werde jetzt zurückfahren. Morgen wird ein arbeitsreicher Tag. Genosse Song, Sie nehmen Ihre Arbeit wieder auf.« Er drehte sich von Song zu Bai. »Junger Mann, kommen Sie morgen Abend um sechs Uhr in mein Büro. Und bringen Sie den Superstringcomputer mit.« Dann wandte er sich an Chen und Lü. »Was euch beide angeht: Macht das Beste daraus. Xufeng, lass den Kopf nicht so hängen. Angesichts der Verbrechen, die wir begangen haben, dürfen wir auf keine Gnade hoffen, aber wir sollten uns auch nicht kleiner machen, als wir sind. Verglichen mit den beiden« – er zeigte auf Song und Bai – »fallen unsere Taten nicht ins Gewicht.«

Er öffnete die Tür und schritt hoch erhobenen Hauptes hinaus.

13

Der Geburtstag

Der nächste Tag wurde für den Kommandanten tatsächlich sehr arbeitsreich.

Kaum hatte er sein Büro betreten, rief er die verantwortlichen Kader für die Industrie, die Landwirtschaft, die Finanzen, den Umweltschutz und andere Ressorts der Provinz zu sich und instruierte sie darüber, was sie als Nächstes zu tun hatten. Auch wenn er sich mit jedem Führungskader nur kurz besprach, gelang es ihm dank seiner reichen Erfahrung, die Arbeitsschwerpunkte und die Problemfelder, die besondere Aufmerksamkeit verlangten, in aller Klarheit zu erläutern. Gleichzeitig war seine Gesprächsführung so geschickt, dass er jedem seiner Untergebenen den Eindruck vermittelte, es handle sich lediglich um eine Routinebesprechung. Niemandem fiel etwas Ungewöhnliches auf.

Um halb elf am Vormittag hatte er den letzten Führungskader aus seinem Büro entlassen und begann, ein Memorandum an die Zentrale in Peking zu verfassen. Darin legte er seine Ansichten zur wirtschaftlichen Entwicklung der Provinz dar und formulierte Lösungsvorschläge für die Probleme, denen sich die großen und mittleren Staatsbetriebe gegenübersahen. Seine Denkschrift war nicht einmal zweitausend Schriftzeichen lang, und doch enthielt sie in komprimierter

Form die Früchte seiner jahrzehntelangen Erfahrungen und Überlegungen. Jeder, der mit den Gedanken des Kommandanten vertraut war, wäre über diese Denkschrift erstaunt gewesen – denn sie unterschied sich beträchtlich von seinen früheren Auffassungen. In all der Zeit, die er auf dem Gipfel seiner Macht gestanden hatte, war dies das erste Mal, dass er Ansichten äußerte, die frei von jeder Rücksicht auf seinen persönlichen Vorteil waren und allein den größtmöglichen Nutzen der Partei und des Staates im Blick hatten.

Als er mit seiner Denkschrift fertig war, war es schon nach zwölf Uhr mittags. Er aß nichts, sondern trank nur eine Tasse Tee und arbeitete weiter.

Zu diesem Zeitpunkt kündigte sich zum ersten Mal das Zeitalter des Spiegels an.

Der Kommandant erfuhr, dass sich Chen Xufeng in seinem Büro erschossen hatte, während Lü Wenming unaufhörlich wie in Trance an den Knöpfen seines Kragens herumnestelte und seine Kleidung zurechtstrich, als erwartete er jeden Moment, fotografiert zu werden. Mit einem Lächeln ging der Kommandant über diese beiden Nachrichten hinweg.

Das Zeitalter des Spiegels war noch nicht angebrochen, aber die Mächte der Finsternis wankten schon.

Der Kommandant wies die Abteilung für Korruptionsbekämpfung an, unverzüglich eine Sondereinheit zu bilden. In Zusammenarbeit mit der Polizei und den zuständigen Industrie- und Handelsbehörden sollte diese Einheit die sofortige Beschlagnahmung der Bilanzen und Geschäftsunterlagen erwirken, die der Daxi-Unternehmensgruppe seines Sohns und der Firma Beiyuan seiner Schwiegertochter gehörten, und alle darin verwickelten Rechtsgebilde unter ihre gesetzliche Kontrolle bringen. Mit den Firmennetzwerken all seiner übrigen Verwandten und Vertrauensleute verfuhr er genauso.

Um halb fünf begann er, eine Namensliste zu erstellen. Wenn das Zeitalter des Spiegels erst einmal angebrochen wäre, würden Tausende von Kadern zu Fall kommen, vom einfachen Abteilungsleiter bis hinauf zur Provinzspitze. Das Dringlichste war nun also, geeignete Nachfolger für die Schlüsselpositionen in allen Organisationen auszusuchen. Seine Liste, gerichtet an das Provinzparteikomitee und die Zentrale in Peking, lieferte dafür Vorschläge. In Gedanken hatte er diese Liste schon lange vor dem Auftauchen des Spiegels erstellt – ursprünglich allerdings mit dem Ziel, sich an den fraglichen Kadern zu rächen, sie aus dem Weg zu räumen und kaltzustellen.

Gegen halb sechs, als es an der Zeit war, Feierabend zu machen, empfand er ein nie gekanntes Glück: Diesen einen Tag wenigstens hatte er voller Anstand über die Bühne gebracht.

Als Song Cheng sein Büro betrat, überreichte der Kommandant ihm einen dicken Stapel von Unterlagen. »Das ist das Material, das Sie gegen mich gesammelt haben. Übergeben Sie es möglichst schnell der Zentralen Disziplinarkommission. Das Geständnis, das ich gestern Abend geschrieben habe, habe ich dazugelegt. Darin bestätige ich nicht nur den Wahrheitsgehalt Ihrer Ermittlungen, sondern ergänze auch noch einige lückenhafte Stellen.«

Song nahm die Unterlagen mit ernster Miene entgegen und nickte schweigend.

»Gleich wird Bai Bing mit seinem Superstringcomputer hierherkommen. Sie sollten ihm sagen, dass er die Spiegelsoftware unverzüglich der Zentrale aushändigen soll. Die Zentrale wird die Software unter Berücksichtigung aller möglicher Faktoren umsichtig zu handhaben wissen. Wir müssen verhindern, dass die Software vorzeitig an die Öffentlichkeit dringt. Das würde sehr unangenehme Folgen und große Gefahren nach sich ziehen. Aus diesem Grund müssen Sie ihn dazu bringen, dass er sofort die Sicherungskopien vernichtet, die er zu seinem Selbstschutz bereithält – ob im Internet oder anderswo. Und was die Ausgangsparameter angeht: Falls er sie anderen Leuten erzählt hat, sorgen Sie dafür, dass er Ihnen eine Liste mit den Namen anfertigt. Er vertraut Ihnen und wird tun, was Sie sagen. Stellen Sie unbedingt sicher, dass er seine Backups restlos vernichtet.«

»Genau das hatten wir ohnehin vor«, erwiderte Song.

»Danach« – der Kommandant blickte Song in die Augen – »töten Sie ihn. Und zerstören Sie den Superstringcomputer. Jetzt werden Sie mir wohl glauben, dass ich dabei keine eigenen Interessen verfolge.«

Song stutzte einen Moment, ehe er mit einem Schmunzeln nickte.

Auch der Kommandant lächelte. »Gut, das ist alles, was ich zu sagen habe. Alles Weitere geht mich nichts mehr an. Der Spiegel hat meine Worte schon aufgezeichnet, und vielleicht wird mir eines Tages in ferner Zukunft jemand aufmerksam zuhören.«

Mit einem Wink entließ der Kommandant seinen Besucher. Dann lehnte er sich in seinem Sessel zurück und atmete befreit aus, durchdrungen von einem tiefen Gefühl der Erleichterung.

Nach Songs Fortgang war es genau sechs Uhr, und pünktlich auf die Minute betrat Bai Bing das Büro, in der Hand den Aktenkoffer, der den virtuellen Spiegel der Vergangenheit und Gegenwart enthielt.

Der Kommandant bat ihn, sich zu setzen. Den Blick auf den Superstringcomputer auf seinem Schreibtisch gerichtet, sagte er: »Junger Mann, ich habe eine Bitte. Könnten Sie mich wohl im Spiegel einen Blick auf mein Leben werfen lassen?«

»Natürlich, nichts leichter als das.« Bai öffnete den Aktenkoffer und fuhr den Computer hoch. Nachdem er die Simulationssoftware gestartet hatte, stellte er den Zeitzeiger auf die Gegenwart und zoomte auf das Büro. Die beiden Männer erschienen in Echtzeit auf dem Bildschirm. Bai kopierte die Gestalt des Kommandanten und aktivierte mit einem Klick auf die rechte Maustaste die Suchfunktion.

Prompt veränderte sich das Bild in so rasender Geschwindigkeit, dass auf dem Monitor nur noch verschwommene Schemen auszumachen waren. Das Suchobjekt aber, der Kommandant, blieb stets in der Bildschirmmitte, so als wäre er das Zentrum der Welt. Auch seine Gestalt flimmerte in einem fort, und doch konnte man sehen, wie er immer jünger wurde.

»Das Programm führt jetzt eine rückläufige Zeitsuche

durch. Die Mustererkennungssoftware kann Sie anhand Ihres heutigen Aussehens nicht in Ihrer Kindheit identifizieren, deshalb muss der Algorithmus Sie Schritt für Schritt durch alle Ihre altersbedingten Veränderungen hindurch zurückverfolgen.«

Nach ein paar Minuten hörte das Bild auf zu flackern, und das noch nasse Gesicht eines Neugeborenen tauchte auf. Eine Krankenschwester in einer Entbindungsstation hob den Säugling gerade von der Waage. Das kleine Wesen heulte nicht und schrie nicht. Mit seinen entzückenden kleinen Augen musterte es voller Neugier die Welt um sich herum.

»Das bin ich.« Der Kommandant schmunzelte. »Meine Mutter hat mir oft erzählt, dass ich gleich nach der Geburt die Augen aufgeschlagen habe.« Er bemühte sich darum, gelassen zu scheinen, aber diesmal wollte es ihm ausnahmsweise nicht recht gelingen, seine Rührung zu verbergen.

»Schauen Sie bitte hier.« Bai deutete auf eine Menüleiste unterhalb des Bildes. »Mit diesen Schaltflächen können Sie die Brennweite und den Winkel verstellen. Das hier ist der Zeitschieberegler. Die Spiegelsoftware wird Ihnen nun immer weiter folgen. Wenn Sie einen bestimmten Moment oder ein bestimmtes Ereignis suchen wollen, geht das so ähnlich, als würden Sie eine Textverarbeitungssoftware starten und mit dem Scrollbalken in einer großen Datei etwas nachschlagen. Erst bewegen Sie sich mit ziemlich großen Zeitsprüngen an die ungefähre Position, dann fangen Sie mit der Feineinstellung an. Gehen Sie von einer Szene aus, die Ihnen vertraut ist, und bewegen Sie den Schieber nach rechts oder links –

dann sollten Sie fündig werden. Im Prinzip funktioniert das wie der Bildsuchlauf vor oder zurück bei einem DVD-Player, nur dass Sie, wenn Sie diese DVD in normaler Geschwindigkeit abspielen würden, ziemlich lange brauchen würden, nämlich ...«

»... fast fünfhunderttausend Stunden, wenn ich richtig gerechnet habe«, fuhr der Kommandant an Bais Stelle fort. Er übernahm die Maus und zoomte heraus, sodass man das ganze Krankenzimmer mit der jungen Mutter im Bett sah. Daneben standen ein Nachttisch und eine Lampe im schlichten Stil der damaligen Zeit. Der Fensterrahmen war aus Holz. Ein orangefarbener Lichtfleck an der Wand erregte die Aufmerksamkeit des Kommandanten. »Ich wurde am frühen Abend geboren, ungefähr zur gleichen Zeit wie jetzt. Vielleicht ist das der letzte Strahl der Abendsonne.«

Er bewegte den Zeitschieber, und das Bild begann wieder zu flimmern. Die Zeit flog dahin. Als er anhielt, sah man einen kleinen runden Tisch im Licht einer Glühbirne, die nackt von der Decke hing. Seine Mutter saß am Tisch, schlicht gekleidet und mit einer Brille auf der Nase, und gab vier Kindern Nachhilfe. Ein weiteres kleineres Kind von höchstens drei oder vier Jahren – augenscheinlich er selbst – hielt ein Holzschälchen in der Hand, aus dem es unbeholfen aß. »Meine Mutter war Grundschullehrerin. Oft hat sie Schüler, die im Unterricht nicht gut mitkamen, mit nach Hause genommen, um ihnen Nachhilfe zu geben. Auf diese Weise konnte sie mich auch immer gleich vom Kindergarten abholen.« Er verfolgte die Szene eine Weile weiter. Erst als sein kindliches Ich aus Versehen den Brei über seine Kleidung verschüttete und seine Mutter aufsprang, um ihren Sohn mit einem Handtuch abzuwischen, bewegte er den Zeitschieber weiter.

Die Zeit sprang um mehrere Jahre. Plötzlich leuchtete der Bildschirm in einem gleißenden Rot – zu sehen war die Abstichöffnung eines Hochofens. Mehrere Arbeiter in schmutzigen Schutzanzügen aus Asbest huschten umher. Immer wieder schienen die Flammen des Ofens sie beinahe zu verschlingen. Der Kommandant zeigte auf einen von ihnen. »Das ist mein Vater. Er war Ofenarbeiter.«

»Sie können den Winkel verändern und in die Frontale gehen«, sagte Bai und wollte dem Kommandanten die Maus aus der Hand nehmen, aber der lehnte höflich ab.

»O nein, nicht nötig. Damals machten die Arbeiter Überstunden, um die Produktion zu steigern, und ihre Angehörigen mussten ihnen das Essen bringen. Also ging ich hin, und dabei sah ich meinen Vater zum ersten Mal bei der Arbeit, und zwar genau aus diesem Winkel. Dieses Bild mit seiner Gestalt vor dem Ofenfeuer hat sich mir tief ins Gedächtnis eingebrannt.«

Wieder flogen die Jahre vorbei. An einem sonnigen Tag hielt der Kommandant inne. Die blutrote Fahne der Jungpioniere flatterte vor dem blauen Himmel. Ein Junge in einem weißen Hemd und einer blauen Hose blickte zu der Fahne empor, während ihm jemand das rote Tuch der Pioniere um den Hals band. Die rechte Hand riss er über den Kopf, um der Welt voller Erregung zu verkünden, dass er allzeit bereitstehe für den Kampf um die gerechte Sache. Seine Augen waren so klar wie der tiefblaue Himmel.

»Da trete ich den Jungpionieren bei. Das war im zweiten Grundschuljahr.«

Wieder sprang die Zeit voran, und eine neue Fahne tauchte auf: die Fahne des Kommunistischen Jugendverbands. Im Hintergrund ragte ein Gefallenendenkmal auf. Eine kleine Schar älterer Kinder leistete vor der Fahne ihren Eid. In der hinteren Reihe stand der junge Kommandant. Seine Augen leuchteten noch immer so klar wie zuvor, aber nun waren sie erfüllt von noch größerer Inbrunst und Sehnsucht.

»Da trete ich dem Kommunistischen Jugendverband bei. Das war im zweiten Jahr der Mittelschule.«

Mit einer weiteren Bewegung des Schiebereglers tauchte die dritte rote Fahne seines Lebens auf: die Fahne der Kommunistischen Partei, diesmal offenbar in einem großen Hörsaal. Sechs junge Leute leisteten einen Eid. Der Kommandant zoomte auf den jungen Mann in der Mitte, bis dessen Gesicht den ganzen Bildschirm ausfüllte.

»Da trete ich der Partei bei. Das war in meinem zweiten Studienjahr.« Er deutete auf den Monitor. »Schauen Sie sich mal meine Augen an. Was sehen Sie?«

Seine Augen hatten sich die Klarheit der Kindheit und die Inbrunst und Sehnsucht der Jugend bewahrt, aber zugleich sprach aus ihnen eine neue, noch unreife Klugheit.

»Ich finde, Sie waren … aufrichtig«, sagte Bai mit Blick auf die Augen.

»Ganz recht. Bis dahin meinte ich den Eid immer noch aufrichtig.« Der Kommandant fuhr sich über das eine Auge, aber so flüchtig, dass Bai nichts bemerkte.

Wieder rückte er den Zeitschieber einige Jahre vor. Diesmal schoss er über das Ziel hinaus, aber nach einigen kleinen Korrekturen tauchte auf dem Bildschirm eine Allee auf. Er stand dort und blickte einem Mädchen nach, das sich gerade zum Gehen gewandt hatte. Als sie sich noch einmal zu ihm umsah, funkelten Tränen in ihren Augen. In ihrem Blick lag eine innere Reinheit, die einem zu Herzen ging. Langsam schritt sie zwischen den hohen Pappelreihen davon.

Bai erhob sich taktvoll, um sich zu entfernen, doch der Kommandant hielt ihn zurück. »Ist schon gut. Das war das letzte Mal, dass ich sie gesehen habe.« Er ließ die Maus los und wandte den Blick vom Monitor. »Das reicht, danke. Sie können den Computer jetzt ausschalten.«

»Warum wollen Sie nicht weiter sehen?«

»Das war alles, was die Erinnerung lohnt.«

»Wir können sie finden, wo auch immer sie jetzt ist – das ist ein Kinderspiel!«

»Nicht nötig. Es ist schon spät, Sie sollten jetzt gehen. Haben Sie vielen, vielen Dank.«

Nachdem Bai gegangen war, rief der Kommandant in der Sicherheitsabteilung an und bestellte den Wachmann aus der Gebäudewache zu sich. Wenig später trat der bewaffnete Wachpolizist ein und salutierte.

»Sie sind … Yang, richtig?«

»Sie haben ein ausgezeichnetes Gedächtnis, Herr Kommandant.«

»Es gibt eigentlich gar keinen besonderen Grund, warum ich Sie gerufen habe. Ich wollte Ihnen nur sagen, dass ich heute Geburtstag habe.«

Der Wachmann war wie vor den Kopf geschlagen und brachte kein Wort heraus.

Der Kommandant lächelte nachsichtig. »Grüßen Sie Ihre Männer von mir. Sie können jetzt gehen.« Salutierend machte der Wachmann kehrt und schickte sich an, das Büro zu verlassen, da befahl ihm der Kommandant, als wäre es ihm eben erst eingefallen: »Ach ja, und lassen Sie Ihre Pistole hier.«

Der Wachmann stutzte einen Moment, doch dann zog er seine Pistole hervor, trat näher und legte sie behutsam auf ein Ende des großen Schreibtischs, ehe er mit einem erneuten Salutieren hinausging.

Der Kommandant nahm die Waffe in die Hand, zog das Magazin heraus und entfernte die Patronen, bis nur noch eine übrig blieb. Dann schob er das Magazin wieder hinein. Der Nächste, der die Pistole in die Hand nehmen würde, wäre vielleicht sein Sekretär oder die Putzfrau, die in der Nacht saubermachte – zu ihrer Sicherheit wäre die Waffe dann besser ungeladen.

Er legte die Pistole wieder auf den Tisch und stellte die Patronen, die er herausgenommen hatte, in einem kleinen Kreis auf der Glasplatte auf, als wären es die Kerzen auf einer Geburtstagstorte. Dann schlenderte er zum Fenster und betrachtete die tief stehende Abendsonne, die wie eine dunkelrote Scheibe durch die Dunsthaube des Industrieviertels am Rand der Stadt hindurchschimmerte. Sie erinnerte ihn an einen Spiegel.

Das Letzte, was er tat, war, dass er die kleine Anstecknadel mit der Aufschrift »Dem Volke dienen« von seiner Brust abnahm und behutsam auf den Sockel der Flaggen von China und der Kommunistischen Partei legte.

Dann setzte er sich an den Tisch und erwartete in aller Ruhe den letzten Strahl der untergehenden Sonne.

14

Die Zukunft

In dieser Nacht stattete Song Cheng dem Zentrum für Wettersimulation einen Besuch ab. Im Hauptcomputerraum fand er Bai Bing, der allein vor seinem Superstringcomputer saß und stumm auf den Monitor starrte.

Song trat zu ihm und klopfte ihm auf die Schulter. »Hallo, Bai. Ich habe Ihren Chef schon benachrichtigt, dass ein Einsatzwagen Sie unverzüglich nach Peking bringen wird. Dort übergeben Sie den Superstringcomputer einem leitenden Regierungsbeamten der Zentrale. Neben diesem Beamten werden sich vielleicht auch noch ein paar Experten Ihren Bericht anhören. Weil diese Technologie so außergewöhnlich ist, wird es gar nicht so leicht sein, Ihre Zuhörer dazu zu bringen, dass sie alles verstehen und Ihnen glauben. Bei Ihren Erklärungen und Demonstrationen müssen Sie viel Geduld haben … Stimmt was nicht?«

Bai drehte sich nicht um. Regungslos blieb er vor dem Computer sitzen. In dem simulierten Universum auf dem Monitor trieb die Erde im Weltall. Die Gestalt ihrer Polkappen hatte sich ein wenig verändert, und die Ozeane waren grauer geworden, aber diese Veränderungen waren so unauffällig, dass Song sie nicht bemerkte.

»Er hatte recht«, murmelte Bai.

»Was?«

»Der Kommandant hatte recht.« Langsam drehte sich Bai zu seinem Besucher um. Seine Augen waren blutunterlaufen.

»Zu diesem Ergebnis sind Sie gekommen, nachdem Sie einen Tag und eine Nacht darüber gebrütet haben?«

»Nein, ich habe das Problem mit der Endlosschleife gelöst.«

»Sie meinen … der Spiegel kann jetzt die Zukunft simulieren?«

Bai nickte matt. »Aber nur die ferne Zukunft. Gestern Abend ist mir ein völlig neuer Algorithmus eingefallen, mit dem ich die nahe Zukunft vermeide. Auf diese Weise umgehe ich auch die Störung der Kausalkette, die entstehen würde, wenn man aus dem Wissen um die Zukunft heraus die Gegenwart verändern würde. Ich lasse den Spiegel nun direkt in die ferne Zukunft springen.«

»Wie fern?«

»Fünfunddreißigtausend Jahre weit.«

»Und wie wird die Gesellschaft dann aussehen?«, fragte Song vorsichtig. »Hat der Spiegel seine Wirkung entfaltet?«

Bai schüttelte den Kopf. »Es wird keinen Spiegel mehr geben. Und auch keine Gesellschaft. Die menschliche Zivilisation ist untergegangen.«

Song war sprachlos.

Der Bildausschnitt auf dem Monitor zoomte rasant herunter, bis er über einer Stadt inmitten einer Wüste innehielt.

»Das ist unsere Stadt. Sie ist schon seit über zweitausend Jahren tot.«

Der erste Eindruck, den die tote Stadt machte, war der

einer Welt aus Quadraten. Alle Gebäude waren streng würfelförmig erbaut, und alle waren sie gleich groß. In Reih und Glied aneinandergefügt, bildeten sie eine vollkommen quadratische Stadt. Nur der gelbe Sand, der hin und wieder von den quadratischen Rastermustern der Straßen aufwirbelte, erinnerte den Betrachter daran, dass er es nicht mit einer abstrakten geometrischen Figur in einem Lehrbuch zu tun hatte.

Bai veränderte den Bildwinkel, sodass der Blick nun in ein Zimmer im Innern einer der würfelförmigen Gebäude glitt. Alles darin war unter dem Sand begraben, der sich im Laufe endloser Jahre angesammelt hatte. Vor dem Fenster hatte sich ein Haufen gebildet, der bis zum Fensterbrett reichte. An manchen Stellen deuteten Ausbuchtungen darauf hin, dass Haushaltsgeräte oder Möbel unter dem Sand verborgen lagen. Aus einer Ecke ragte etwas hervor wie ein paar dürre Zweige – ein metallener Kleiderständer, der weitgehend verrostet war. Bai kopierte einen Teil des Bildes und fügte ihn in eine Bildbearbeitungssoftware ein, mit deren Hilfe er die dicke Sandschicht entfernte. Darunter kamen ein Fernseher und ein Kühlschrank zum Vorschein, die der Rost bis auf die nackten Skelette zerfressen hatte, sowie ein Schreibtisch mit einem umgekippten Bilderrahmen darauf. Bai veränderte den Winkel so, dass das kleine Foto in dem Rahmen den ganzen Bildschirm ausfüllte.

Es handelte sich um das Porträt einer Familie, aber ihre drei Mitglieder waren einander in Aussehen und Kleidung fast völlig gleich. Ihr Geschlecht konnte man nur an der Länge ihrer Haare erkennen und ihr Alter an ihrer Körpergröße. Alle trugen Kleider, die an Mao-Anzüge erinnerten, akkurat, steif und bis zum Kragen zugeknöpft. Erst als Song genauer hinsah, entdeckte er, dass sich ihre Gesichtszüge voneinander unterschieden; in ihrer apathischen Ruhe und steifen Würde hatten sie zunächst vollkommen austauschbar ausgesehen.

»Auf allen Bildern und noch erhaltenen Videos, die ich gefunden habe, machen die Leute so ein Gesicht«, sagte Bai. »Ich habe keine andere Miene gesehen, ganz zu schweigen davon, dass mal jemand geweint oder gelacht hätte.«

»Wie konnte es nur so weit kommen?«, fragte Song bestürzt. »Können Sie einmal die überlieferten historischen Aufzeichnungen überprüfen?«

»Das habe ich schon getan. Demnach wird die Geschichte nach uns ungefähr so verlaufen: In fünf Jahren wird das Zeitalter des Spiegels anbrechen. In den ersten zwanzig Jahren wird man die Spiegelsoftware nur in den Justizbehörden einsetzen, aber schon da wird sie einen tiefgreifenden Einfluss auf die menschliche Gesellschaft ausüben und einen grundlegenden Wandel auslösen. Dann wird der Spiegel noch den letzten Winkel des gesellschaftlichen Lebens durchleuchten. Die Geschichtsschreibung spricht vom Beginn der Spiegelära. In den ersten fünf Jahrhunderten dieser neuen Ära entwickelt sich die Gesellschaft noch langsam weiter. Ein vollkommener Stillstand kündigt sich erst ab der Mitte des sechsten Jahrhunderts der Zukunft an. Zuerst stagniert die Kultur. Weil die menschliche Natur nun so durchsichtig wie Wasser ist, gibt es nichts mehr zu beschreiben oder auszudrücken. Die Literatur verschwindet, und nach ihr alle anderen Künste. Dann verfallen auch Wissenschaft und Technik in eine völlige Stagnation.

Dieser Stillstand hält dreißigtausend Jahre an – die Geschichtsschreibung nennt diese lange Epoche das ›Mittelalter des Lichts‹.«

»Und was passiert danach?«

»Ganz einfach: Die natürlichen Ressourcen der Erde sind aufgebraucht, alles Ackerland ist zu Wüsten geworden, und die Menschheit ist nach wie vor technisch nicht in der Lage, das Weltall zu besiedeln oder neue Ressourcen zu erschließen. Deshalb geht innerhalb von fünftausend Jahren alles langsam zu Ende ... In der Zeit, die wir hier gerade vor uns haben, gibt es auf allen Kontinenten noch menschliches Leben, aber viel zu sehen ist davon nicht mehr.«

»Ah ...«, murmelte Song gedehnt, genauso, wie es der Kommandant getan hatte. Eine lange Weile verging, ehe er mit bebender Stimme fragte: »Was ... sollen wir tun? Ich meine jetzt. Sollen wir den virtuellen Spiegel zerstören?«

Bai zog zwei Zigaretten hervor und reichte Song eine. Dann zündete er sich seine eigene an, nahm einen tiefen Zug und blies den weißen Rauch auf die drei erstarrten Gestalten auf dem Bildschirm. »Ich werde den Spiegel auf jeden Fall zerstören. Der einzige Grund, warum ich es noch nicht getan habe, ist, weil ich Ihnen das hier erst noch zeigen wollte. Allerdings spielt es jetzt schon keine Rolle mehr, was wir noch machen. Uns bleibt nur ein Trost: Alles, was von nun an passiert, hat mit uns nichts mehr zu tun.«

»Hat jemand anders auch einen virtuellen Spiegel entwickelt?«

»Die theoretischen und technologischen Grundlagen sind bekannt, außerdem ist die Zahl der möglichen Ausgangsparametersätze gemäß der Superstringtheorie zwar enorm groß, aber endlich. Wenn man sie immer weiter durchprobiert, wird man irgendwann auf die richtige Kombination stoßen ... Noch in über dreißigtausend Jahren, bis ans Ende unserer Zivilisation, werden die Menschen voller Dankbarkeit und Verehrung an einen gewissen Neil Christoph denken.«

»Und wer ist das?«

»Laut den historischen Aufzeichnungen war er ein frommer Christ und Physiker – und der Erfinder der Spiegelsoftware.«

15

Das Zeitalter des Spiegels

Fünf Monate später, im Zentrum für
Experimentelle Kosmologie der Princeton University

Als auf einem der fünfzig Monitore ein funkelndes Sternenmeer erschien, brachen die anwesenden Wissenschaftler und
Ingenieure in Jubel aus. Fünf Superstringcomputer waren
hier aufgestellt, und auf jedem von ihnen waren zehn virtuelle Spiegel installiert, sodass auf ihnen insgesamt fünfzig Pro-
gramme liefen, die Tag und Nacht den Urknall simulierten.
Das nun erschaffene virtuelle Universum trug die Nummer
32.961.

Nur ein Mann mittleren Alters blieb äußerlich ungerührt.
Er war eine stattliche Erscheinung mit großen Augen unter
buschigen Brauen. Um den Hals trug er ein silbernes Kruzi-
fix, das sich auffällig gegen den schwarzen Pullover abhob.
Nachdem er sich schweigend bekreuzigt hatte, fragte er:

»Gravitationskonstante?«

»6,67 mal 10^{-11}!«

»Lichtgeschwindigkeit im Vakuum?«

»298.000 Kilometer pro Sekunde!«

»Planck-Konstante?«

»6,626!«

»Ladung eines Elektrons?«

»1,602 mal 10 ^{19} Coulomb!«

»Eins plus eins?« Der Mann küsste feierlich das Kreuz auf seiner Brust.

»Ergibt zwei! Das ist unser Universum, Professor Christoph!«

Geschrieben in Niangziguan,
24. September 2004

ANHANG

Anmerkungen

Seite 9 **Quanteneffekte**

Die Quantentheorie, das zweite große Theoriegebäude der Physik neben der Relativitätstheorie, ist im Gegensatz zu Einstein'schen Theorie nicht das Werk eines Einzelnen, sondern wurde von mehreren Physikern im Zeitraum von etwa 1900 bis 1925 entwickelt. Die aus dieser Theorie abgeleitete Quantenmechanik verblüfft mit Erklärungen, die in der relativistischen Physik undenkbar wären, wie etwa dass ein Partikel gleichzeitig an zwei Orten sein kann oder dass die Beobachtung eines Teilchens seine Flugbahn in der Vergangenheit beeinflusst. Erwin Schrödinger hat diese Quanteneffekte mit seinem berühmten Gleichnis von der Katze illustriert, die gleichzeitig tot und lebendig ist.

Seite 13 **Nationalfeiertag**

Jährlich am 1. Oktober wird die Gründung der Volksrepublik China am 1. Oktober 1949 gefeiert.

Seite 14 **39.960 Yuan**

Das entspricht etwas mehr als 5.000 Euro.

Seite 14 **Chunghwa-Zigaretten**

Chunghwa (»China«) gilt als chinesische Edelmarke und Aushängeschild der nationalen Tabakindustrie.

Seite 18   **Disziplinarkommission**

Die Zentrale Disziplinarkommission der Kommunistischen Partei Chinas, die auch auf Provinz- und Stadtebene präsent ist, steht als oberste Anti-Korruptionsbehörde außerhalb des Justizsystems. Sie ist nur gegenüber dem Zentralkomitee der Partei rechenschaftspflichtig. In den letzten Jahren hat sie immer mehr an Macht gewonnen.

Seite 22   **Wu Bin**

Berühmter Maler des späten 16. und frühen 17. Jahrhunderts, bekannt für seine Landschaftsgemälde und seine buddhistischen Malereien. In den knapp drei Jahrhunderten der Ming-Dynastie (1368–1644) erlebte China nicht nur eine Bürokratisierung des Staatswesens, sondern auch einen Aufschwung der Künste, zum Beispiel bei dem berühmten blau-weißen Porzellan oder in der Literatur.

Seite 22   **900.000 Yuan**

Das sind umgerechnet fast 115.000 Euro.

Seite 23   **Kader**

Von französisch *cadre*, Geviert (milit.), bzw. russisch кадры (*kadry*). In den kommunistischen Staaten und Parteiorganisationen wurden Führungskräfte so bezeichnet, die für besondere Aufgaben ausgewählt und geschult wurden, sowie die obersten Führungsriegen in Partei und Militär.

Seite 25   **ZK**

Das Zentralkomitee (ZK) der Kommunistischen Partei Chinas wird vom alle fünf Jahre stattfindenden

nationalen Parteitag gewählt. Es gilt neben den Partei-
tagen als formal oberstes Parteiorgan. Mehrere mächtige Institutionen wie die Zentrale Militärkommission
und die Disziplinarkommission sind ihm unterstellt.

Seite 28   **Führungskader**
Unter diese Kategorie fallen zum Beispiel die Bürger-
meister von sogenannten Unterprovinzstädten, das
heißt von besonders bedeutenden bezirksfreien Städten wie Guangzhou, die in Fläche und Bevölkerungs-
zahl größer als ein deutsches Bundesland sein können.

Seite 28   **Obere Amtsebene**
Damit sind beispielsweise Ministerien auf Provinzebene gemeint.

Seite 43   **Superstringtheorie**
Die Superstringtheorie ist der Versuch, zwei scheinbar
unvereinbare Theoriegebäude der Physik in Einklang
zu bringen: auf der einen Seite die relativistische Physik, benannt nach Albert Einsteins Allgemeiner und
Spezieller Relativitätstheorie, und auf der anderen Seite
die Quantenphysik. Die Superstringtheorie wird darum auch eine »Große vereinheitlichte Theorie« genannt. In der Stringtheorie betrachtet man die Elementarteilchen gewissermaßen als Saiten, Strings
genannt, die in einem elfdimensionalen Raum schwin-
gen. In der Superstringtheorie wird außerdem das Phänomen der Supersymmetrie mit einbezogen, bei dem
man davon ausgeht, dass sich Bosonen und Fermionen
ineinander umwandeln. Bislang konnte die Superstringtheorie allerdings noch nicht experimentell bestä-
tigt werden.

Seite 51   **Hochenergiephysik**
In der Hochenergiephysik werden die Elementarteilchen und ihre Reaktionen miteinander erforscht, aber auch kosmologische Theorien über die Frühzeit des Universums entwickelt. Der Name bezieht sich darauf, dass für diese Experimente mit Teilchenbeschleunigern extrem hohe Energien im Gigaelektronenvoltbereich notwendig sind.

Seite 51   **Reform- und Öffnungsperiode**
Nach dem Tod von Mao Zedong (1976) leitete Deng Xiaoping ab 1978 eine Reform- und Öffnungspolitik ein. Die Planwirtschaft wurde in eine Marktwirtschaft umgewandelt, das Land öffnete sich gegenüber dem Ausland und liberalisierte sich nach innen.

Seite 55   **Inflationsphase**
In der Kosmologie wird die Phase der extrem schnellen Ausdehnung direkt nach dem Urknall auch Inflationsphase genannt. Diese Phase begann etwa bei 10^{-43} Sekunden, also nach der sogenannten Planck-Zeit, dem kleinsten Zeitintervall, in dem die Gesetze der Physik noch Gültigkeit haben, und dauerte bis etwa 10^{-33} oder 10^{-30} Sekunden nach dem Urknall – also knapp das Tausendstel eines Milliardstels eines Milliardstels einer Milliardstelsekunde. Die starke Expansion des Universums während der Inflationsphase hat unter anderem auch Gravitationswellen erzeugt, die noch heute durch das All wandern und die 2016 erstmals gemessen werden konnten.

Seite 58   **Fundamentale physikalische Konstanten**
Naturkonstanten sind physikalische Größen, die un-

veränderbar sind und überall in Raum und Zeit gleich bleiben. Die fundamentalen Naturkonstanten beschreiben die grundlegenden Eigenschaften von Raum, Zeit und physikalischer Interaktion. Dazu zählen die Lichtgeschwindigkeit im Vakuum (c = 299.792,458 km/s), die Gravitationskonstante (G = 6,67408 · 10^{-11} m^3 / kg · s^2) und das Planck'sche Wirkungsquantum (h = 4,135667662 · 10^{-15} eV · s). Andere Konstanten sind etwa der absolute Temperaturnullpunkt (0 K = -273,15 °C), die Elementarladung (e = 1,6021766208 · 10^{-19} C) und die Masse eines Elektrons (m = 9,10938356 · 10^{-31} kg). Weitere Konstanten oder Parameter der Physik lassen sich aus diesen kosmischen Grundwerten ableiten.

Seite 59 **Seine streng kausale, deterministische Natur**

Der Determinismus, von lat. *determinare* (festlegen, begrenzen), ist die Auffassung, dass alle Ereignisse durch Vorbedingungen bestimmt sind und dass die Entwicklung dieser Ereignisse durch Naturgesetze und mathematisch beschreibbare Prozesse genau festgelegt ist. Kausalität, von lat. *causa* (Grund, Ursache), ist eine dem Determinismus verwandte Theorie, nämlich dass Ursache und Wirkung eindeutig und unumkehrbar miteinander verknüpft sind. Besonders die Quantenmechanik stellt beide Auffassungen stark infrage.

Seite 63 **Die neun Planeten**

Pluto, der seit seiner Entdeckung 1930 als neunter Planet gezählt wurde, hat erst am 24. August 2006, also nach der Erstveröffentlichung von »Spiegel«, durch die Internationale Astronomische Union den Status als Planet aberkannt bekommen. Die offizielle

Bezeichnung lautet seitdem »Zwergplanet«; somit gibt es auch nur noch acht Planeten in unserem Sonnensystem.

Seite 67 **Marco Polo war überhaupt nie in China**
Marco Polo (1254–1324), ein venezianischer Händler, unternahm jahrzehntelange Asienreisen, die ihn bis nach China führten. Später, in genuesischer Kriegsgefangenschaft, verfasste er darüber gemeinsam mit seinem Mitgefangenen Rustichello da Pisa, einem Autor von Ritterromanen, einen Bericht mit dem Titel *Il Milione* (»Die Wunder der Welt«), der zum Bestseller wurde. Der Wahrheitsgehalt seines Berichts ist bis heute umstritten – vor allem die Behauptung, er sei bis an den Hof des Kublai Khan in China gelangt.

Seite 68 **Deng Shichang**
Als Kommandant eines Kreuzers der Nordflotte weigerte sich Deng Shichang (1849–1894), sein untergehendes Schiff zu verlassen, und ertrank. Nach seinem Tod wurde er als Held verehrt.

Seite 68 **Fang Boqian**
Ganz anders als der »Held« Deng Shichang wurde Fang Boqian (1853–1894), der mit seiner vermeintlichen Feigheit vielen das Leben rettete, später enthauptet.

Seite 96 **Jungpioniere**
Jugendorganisation der Kommunistischen Partei Chinas für Kinder im Alter von sechs bis vierzehn Jahren. Sie wurde 1949 gegründet. Die weit über hundert Millionen Mitglieder sprechen ihre rituelle Gruß- und Schwurformel mit der rechten Hand über dem Kopf.

Nachwort

Die Kosmogonie des Cixin Liu

Was war zuerst da – die Henne oder das Ei? Ein wahrlich kosmisches Rätsel. Die beste Antwort ist vielleicht die lapidare Bemerkung des Schriftstellers Samuel Butler, die Henne sei nur ein Trick des Eis, um ein neues Ei zu produzieren.[1] Cixin Liu scheint Butler in seiner Novelle »Spiegel« recht zu geben, denn die titelgebende Spiegelsimulation erschafft aus Computercode nicht nur ein digitales Ei, das bis zur atomaren Struktur einem echten Ei gleicht, sondern lässt aus diesem auch noch ein digitales Huhn entstehen. Wenn man Butler also ernst und Cixin Liu wörtlich nimmt, könnte man auch einen Schritt weiter gehen und die spannende Frage stellen: Ist der Mensch letztlich nur ein Trick des Universums, um neue Universen zu produzieren?

Kosmogonien, also Mythen und Erzählungen über die Entstehung unserer Welt, sind so alt wie die Menschheit selbst und haben im Laufe der Menschheitsgeschichte die unterschiedlichsten Formen angenommen. Unser durch die

Renaissance geprägter Blickwinkel hat diese Kosmogonien oft eher folkloristisch eingefärbt und in ein »primitives« Licht getaucht, aber interessanterweise setzen sich bereits einige der frühesten Schöpfungsmythen damit auseinander, dass der Kosmos aus einer Art von Explosion entstanden sein könnte. So gab es bei den Babyloniern im dritten Jahrtausend vor Christus die Vorstellung, ein kosmischer Sturm hätte in der Urzeit Himmel und Erde voneinander getrennt. In Nippur, dem alten Zentrum der Welt in der Vorstellung der Mesopotamier, hätte der Gott Enlil, auch »Herr Luft« genannt, die bis dahin mythische Vereinigung von An, dem Himmel, und Ki, der Erde, auseinandergesprengt.[2]

In Ägypten hatte man andere Götter und andere Schöpfungsmythen. In einer aus dem alten Heliopolis überlieferten Kosmogonie glaubte man, dass der Schöpfergott Atum, kaum dass er dem Urschlamm Nun entstiegen war, die neun wichtigsten ägyptischen Götter aus sich selbst heraus formte. Schu, die Göttin der Luft, kam beispielsweise dadurch ins Dasein, dass Atum niesen musste. Auch hier: eine Explosion.

Vorstellungen einer plötzlichen Ausdehnung von Energie und Materie sind also durchaus älter als unser modernes wissenschaftliches Konzept des Urknalls. Und genau so, wie das Auseinanderdrängende, sich Vervielfältigende ein uralter Topos der Entstehung unseres Universums ist, so stellt sich irgendwann unweigerlich die Frage, wie nicht nur dieses, sondern vielleicht auch weitere, neue Universen entstehen könnten. Eine Frage, die schnurstracks mitten hineinführt in die modernste aller Mythenmaschinen, nämlich in die Literatur der Science-Fiction – und damit zum Autor der vorliegenden Novelle und seinem Werk.

Cixin Liu, 1963 geboren, ist heute einer der wichtigsten chinesischen Autoren dieses Genres. Der Softwareingenieur begann bereits in den 1990er-Jahren, Science-Fiction-Kurzgeschichten zu veröffentlichen. 1999 gewann er seinen ersten Galaxy Award, die chinesische Version des renommierten Hugo Gernsback Award; weitere sollten folgen. Mittlerweile wird Cixin Liu von vielen als das Gesicht der noch jungen chinesischen Science-Fiction angesehen.[3]

»Spiegel« wurde 2004 auf Chinesisch veröffentlicht und gewann noch im selben Jahr den Galaxy Award. In dieser Novelle scheinen bereits einige der zentralen Motive und Fragestellungen auf, die Liu in seiner Literatur erforscht und verarbeitet. »Das wichtigste Thema der Science-Fiction ist das Verhältnis des Menschen zum Universum. Das meine ich aber gar nicht philosophisch, und es geht mir auch nicht um ein metaphysisches Verhältnis wie etwa die Empfindungen eines Menschen, wenn er zum Nachthimmel emporschaut. Nein, mir geht es dabei um die tatsächliche Beziehung zwischen dem Menschen und dem physikalischen Universum«, erklärte Liu in einem Interview.[4]

Als er 2016 in Deutschland zu Besuch war, erzählte Cixin Liu bei der Präsentation seines Romans »Die drei Sonnen« im Konfuzius-Institut Frankfurt ein Gleichnis über dieses kosmische Verhältnis zwischen Mensch und Universum. Man stelle sich vor, begann er, das Universum sei eine Stadt. In dieser Stadt gibt es ein großes Haus, das ist unsere Milchstraße. Unser Sonnensystem ist eine Dachkammer oben im Haus. Ganz hinten in dieser Dachkammer steht nun ein Schrank, und dieser Schrank ist die Erde. Thema der Unterhaltungsliteratur aller Kulturen und aller Zeitalter ist es, darüber zu schreiben, was wir in diesem Schrank erleben und miteinander anstellen. Einzig die Science-Fiction wagt es, die Schranktür zu öffnen, durch das Haus hinunter auf die Straße zu gehen und die Stadt zu erkunden.

»Ich möchte mit meiner Science-Fiction das Verhältnis zwischen dem Universum und uns Menschen imaginieren und Bilder dafür finden.« Das ist, wie Liu betont, seine selbstgestellte Aufgabe als Autor, und die Novelle »Spiegel« demonstriert eindrücklich, wie die moderne chinesische Genreliteratur sich dieser Aufgabe angenommen hat.

Willkommen in Universum Nummer 1207

Wie erschafft man eine Welt? Zur Beantwortung dieser Frage wurde die Science-Fiction erfunden, und sie ist nach wie vor eine der kreativen Haupttriebkräfte, neue Universen, Welten und Gesellschaften zu entwerfen. »Utopia« von Thomas Morus ist dabei literarischer Urahn und Namensgeber dieser Untergattung – wobei neben der Utopie, also der Weltenschöpfung, das Genre auch noch den Impetus der Bewegung zu bieten hat, das ist der Entdeckerroman, der Vorstoß ins All, die Bewegung des Erzählers im Welt-Raum, oder das Bedürfnis der Weltkritik, das all die Dystopien und Endzeitromane hervorgebracht hat, und nicht zuletzt den Drang zur Erklärung unserer Welt, also die ganz eigentliche »Wissenschaftsfiktion«, das Warum-ist-das-eigentlich-so. Das Kunstwort Utopia, aus dem Griechischen entlehnt, vereint in seiner Bedeutung auch die beiden Fluchtpunkte für das Koordinatensystem der Weltenschöpfungsliteratur, nämlich den Nicht-Ort (*a-topos*) und den besseren Ort (*ou-topos*), den Neu- und Gegenentwurf zu unserem Diesseits: das Jenseits schlechthin.

Wollte man diese Weltentwürfe aufzählen, man käme an kein Ende. Der Stein, den Morus im 16. Jahrhundert losgetreten hat, wird pflichtschuldig von jeder neuen Generation von Schriftstellern den Berg wieder hinaufgewälzt, und fast scheint es, als seien wir – zumindest so lange, wie ein Tag noch auf den anderen folgt und wir am Abend auf ein neues Morgen hoffen können – dazu verdammt, aus der Unzufriedenheit mit unserer Welt, so wie sie ist, immer neue Welten zu gebären. Dass diese Anderswelten in jeder Generation den Stempel ihrer Zeit tragen, versteht sich von selbst. Die Zukunftsstadt in Fritz Langs *Metropolis* ist genauso Kind der sozialpolitischen Fragestellungen und kulturellen Umbrüche in den 1920er-Jahren, wie Ursula K. Le Guins »Planet der Habenichtse« die Auseinandersetzung mit der Utopie des Kommunismus zur Zeit des Kalten Krieges widerspiegelt. Robert A. Heinleins »Fremder in einer fremden Welt« entfaltet ein Panorama libertärer Gesellschaftsnormen, das im Kontrast zum Sittenkodex der US-amerikanischen Mittelklassehaushalte der späten 1950er und frühen 1960er steht. William Gibsons Cyberspace aus »Neuromancer«, eine auf dem digitalen Reißbrett entworfene Sphäre, in der die Information selbst zum Grundbaustein der virtuellen Realität wird, ist wohl der wirkmächtigste Ausdruck jener digitalen

Umwertung aller Werte, mit der in den 1980ern das Informationszeitalter eingeläutet wurde und die heute noch längst nicht abgeschlossen ist. Unter den ganz aktuellen Utopien wäre schließlich Dietmar Daths Tiergesellschaft in »Die Abschaffung der Arten« zu nennen, eine im Wortsinn posthumane Gesellschaft, die einen neuartigen Blick auf die sich immer weiter auflösenden politischen und sozialen Kategorien von Klasse, Geschlecht und Spezies richtet.

Das ist der – zugegebenermaßen sehr westlich geprägte – Horizont, innerhalb dessen Cixin Liu seine eigenen Weltentwürfe entwickelt hat. Entwürfe, die nicht nur ausdrücklich von westlichen Autoren wie etwa Arthur C. Clarke inspiriert waren, sondern die sich auch über jede Begrenzung auf nationale Traditionen hinwegsetzen, wie Liu im Interview erklärt: »Es gibt ein bedeutsames Foto, das vor einigen Jahren gemacht wurde. Darauf sieht man die ganze Erde als blau leuchtenden Himmelskörper – ein ›blasser blauer Punkt‹. So ist auch der Blick eines Science-Fiction-Autors: Für ihn gibt es letztlich keine Distanzen auf der Erde.«[5]

Nun haben diese anderen, jenseitigen Welten die Eigenart, immer wieder auf unterschiedlichste Weise unsere diesseitige, hiesige Jetztwelt, sprich: unsere Gegenwart, mitzubestimmen. Dabei ist die Zukunft selbst wohl der einflussreichste dieser Nicht-Orte, denn obwohl kein Mensch die Zukunft je betreten wird – alles Zukünftige kann nicht anders, als in Gestalt der Gegenwart mit uns in Berührung zu kommen –, ragt sie als utopisches Konstrukt immer in unsere Gegenwart hinein. Das ist, wie Sascha Mamczak in seinem Essay »Die Zukunft – Eine Einführung« feststellt, eine wesentliche Eigenschaft:

»Die ›Zukunft‹ dagegen ist bereits Teil der Gegenwart, und zwar ein äußerst wichtiger Teil: Die Zukunft ist eine der mächtigsten Kräfte, denen wir unterworfen sind; sie formt und prägt unser Leben auf unterschiedlichste Weise.«[6]

Das Was-wäre-wenn utopischer Weltentwürfe ist wie ein starker Magnet, der die Eisenfeilspäne unseres Denkens neu zu ordnen und auszurichten vermag. Dass sich daraus zuweilen ein Austausch zwischen Fiktion und Realität ergibt, der die Grenze zwischen diesen beiden Sphären durchlässig werden lässt, das macht sicherlich den großen Reiz des utopischen Erzählens aus. Ein Reiz, dem sich auch Cixin Liu nicht entziehen kann: Das simulierte Universum in »Spiegel« ist eigentlich nur ein Computerprogramm – aber keiner kann sich seiner Macht entziehen, und es ist allen Figuren in Lius Novelle unmissverständlich klar, dass diese durch Superstringtechnologie erzeugte Fiktion nicht nur eine neue Perspektive auf ihre Realität bietet, sondern dass die Spiegelsimulation die Realität *ist*.

Um diese beinahe magische Gleichsetzung der Fiktion mit der Realität kreist Lius Novelle, und darum kreisen auch wir in unseren Überlegungen dazu. Drei Kunstwerke sollen uns dabei helfen zu verstehen, was insbesondere Lius Behandlung dieser Gleichsetzung in »Spiegel« und das Bemerkenswerte an seiner Erzählkunst ist.

Das Wunder von Ursache und Wirkung

In Thomas Pynchons Roman »Die Versteigerung von No. 49« steht die Hauptfigur Oedipa Maas eines Tages in Mexiko vor einem eindrucksvollen Gemälde mit dem Titel »Bordando el Manto Terrestre« von der spanischen Exilmalerin Remedios Varo. Das Gemälde gibt es wirklich, es ist der Mittelteil eines Triptychons, das Varo 1961 gemalt hat.[7] Heute ist es Teil einer privaten Sammlung, weitere Gemälde der Malerin hängen im Museo de Arte Moderno in Mexiko-Stadt. Das Bild hat auf Pynchons Figur eine erschütternde Wirkung. Auf dem Bild sieht man einen hohen Turm, in dem mehrere Jungfrauen an einer Stickarbeit sitzen. Der Stoff, den sie besticken, quillt aus den schlitzartigen Turmfenstern heraus und bedeckt die ganze Erde unterhalb des Turms, und alle Häuser und Menschen sind nicht nur auf diesem bestickten Teppich enthalten, sondern die Stickerei ist die Welt.

Auch hier finden wir also schon diese merkwürdige Gleichsetzung von Fiktion und Realität, aber auf dem Gemälde passiert noch mehr. Denn in einer Art seltsamer Schleife werden hier alte und neue Welt miteinander verschränkt. Das Erzeugnis der Fantasie wird zum Boden unter den Füßen der Figuren, die ihre Fantasie wirken lassen. Mit anderen Worten: Bei Varo kehrt sich das eherne Gesetz von Ursache und Wirkung um und beißt sich in den Schwanz.

Hier, an der Schnittstelle zwischen Fantasiewelt und Realität, offenbart das Prinzip der Kausalität seine Schwächen, und genau hier erwacht Cixin Lius Interesse als Erzähler von Wissenschaftsfiktion. Wie ist dieses geheimnisvolle Band beschaffen, das Ursache und Wirkung im Geflecht aus Raum und Zeit miteinander verknüpft? Und was könnte dieses Band zum Zerreißen bringen?

Mit energischem Schwung fegt Liu gleich zu Beginn seiner

Novelle die angedeuteten Schwächen beiseite – »in diesem neuen Modell des Universums feiern die bereits tot geglaubten Kausalketten klarer denn je ihre Wiederauferstehung« –, nur um sich im Laufe der Erzählung an ebenjenen Schwächen abzuarbeiten. Zwischen Ursache und Wirkung tun sich im Großen wie im Kleinen ungeahnte Lücken auf, und das Kausalitätsprinzip ist keineswegs so eindeutig, wie Lius Figuren als dessen Gefangene und wir Lesende als Mitleidende es eigentlich gern hätten.

Bertrand Russell ist einer der Ersten, der das Unbehagen der Physiker mit dem Prinzip von Ursache und Wirkung in Worte fasst, und er lässt kein gutes Haar daran: »Das Kausalgesetz«, so beginnt Russell einen Aufsatz von 1912 über das Thema, »ist, wie so vieles, das unter Philosophen allgemein akzeptiert wird, ein Relikt aus einer vergangenen Zeit, das, wie auch die Monarchie, nur überlebt, weil irrtümlich von ihm angenommen wird, dass es keinen Schaden anrichte.«[8] Andere Physiker halten dagegen das Kausalprinzip für die Grundlage aller Naturwissenschaften überhaupt, und schon Isaac Newton und sein Zeitgenosse und Konkurrent Gottfried Wilhelm Leibniz haben sich an der Formulierung von Kausalzusammenhängen versucht (und waren darin selbstverständlich unterschiedlicher Meinung).

Was genau hält Russell nun aber an der Kausalität für schädlich? Es ist die schiere Unmöglichkeit, eine exakte und belastbare Definition des Kausalprinzips zu formulieren, die es nach Russell als Axiom der Naturwissenschaft disqualifiziert. Denn was zunächst so einfach klingt – ein Ereignis bringt aufgrund bestimmter Eigenschaften nach einem gewissen Zeitraum eine Wirkung hervor –, ist in Wahrheit viel verworrener. Es hilft nichts, ein genauerer Blick auf die Natur der Beziehung zwischen Ursache und Wirkung bleibt uns an dieser Stelle nicht erspart, zumal Cixin Liu ein ganzes Universum daraus hervorzuzaubern vermag.

Es lassen sich im Prinzip sechs Eigenschaften der Kausalität festhalten.[9] Zunächst ist da die generelle Unumkehrbarkeit von Ursache und Wirkung: Wenn a die Ursache von b ist, kann b nicht gleichzeitig die Ursache von a sein. Dann gibt es auch eine zeitliche Abfolge: Die Wirkung folgt immer zeitlich *nach* der Ursache, niemals anders herum. In der Physik wird das Asymmetrie genannt, und wir werden noch sehen, wie viele Kopfschmerzen diese Asymmetrie den Physikern bereiten kann. Eine dritte, sehr wichtige Eigenschaft ist die Lokalität: Das bedeutet, dass sich Ursache und Wirkung in Raum und Zeit verorten lassen müssen und dass Wirkungen sich nicht beliebig schnell fortpflanzen – ein Argument, das besonders Albert Einstein sehr betont hat, denn Nachrichten können niemals schneller als mit Lichtgeschwindigkeit übertragen werden. Als Viertes wäre der Determinismus zu nennen. Das bedeutet nichts anderes, als dass die Ursache die Wirkung bestimmt, hierbei geht es also im eigentlichen Sinn um die Gesetzmäßigkeit und Vorhersagbarkeit der Wirkung. Aus diesem Grund wird Kausalität oft mit Determinismus verwechselt, aber das ist nicht dasselbe. Fünftens nämlich gehört zur Kausalität auch eine gewisse Ungenauigkeit in der Bestimmbarkeit der Ursachen, was insbesondere Russell sehr betont hat. Schließlich und sechstens gibt es noch die Fähigkeit der Hervorbringung, denn eine Ursache »erschafft« ihre

Wirkung nicht nur, sondern sie ist damit auch »verantwortlich« für die Natur der Wirkung.

All diese unterschiedlichen und teilweise doch sehr vagen Aspekte des Kausalgesetzes machen es als Arbeitsgrundlage für die Bildung wissenschaftlicher Theorien nicht gut geeignet. Dazu kommt, dass in der modernen, relativistischen Physik die Zeit als absoluter Maßstab keine Rolle mehr spielt. Weil seit Einstein die zentralen Gleichungen, mit denen die Kraftwirkungen zwischen Teilchen und Körpern in unserem Universum beschrieben werden, zeitlich symmetrisch sind – das heißt sie funktionieren theoretisch in beide Richtungen des Zeitstrahls –, ist ein Grundpfeiler des Kausalgesetzes stark ins Wanken geraten. Schon Leibniz betrachtete den zeitlichen Zusammenhang als die Grundbedingung der Kausalkette, und umgekehrt sah er (das war, wie gesagt, noch vor Einstein) einzig in der Abfolge von Ursache und Wirkung die Beziehung zweier Zustände in der Zeit definiert. Diese Beziehung existiert in Einsteins Relativitätstheorie nicht mehr, zumindest nicht in dieser eindeutigen Form. Das ist das erste Problem der Physik mit der Kausalität.

Das zweite Problem ist noch viel tiefgreifender, und es hat die moderne Physik in eine ernsthafte Krise gestürzt, die viele Wissenschaftler noch nicht überwunden sehen. Es handelt sich um die Schlussfolgerungen, die sich aus der Quantentheorie, genauer: aus den Gleichungen der Quantenmechanik, ergeben haben. Dieses Problem ist es, auf das Liu sich am Anfang seiner Novelle bezieht, und es war den Forschern, die zu Beginn des 20. Jahrhunderts die Quantenmechanik entdeckt und formuliert haben, sofort bewusst. So stellt Werner

Heisenberg, ein Protagonist der Quantentheorie, 1931 in seinem Aufsatz »Kausalgesetz und Quantenmechanik« lapidar fest, dass »durch die neuere Entwicklung der Atomtheorie eine neue Situation geschaffen worden ist, die eine Revision unseres Kausalitätsbegriffes fordert. Die bisherigen Formulierungen des Kausalgesetzes haben keinen rechten Sinn mehr, wenn man die neueste Entwicklung der Physik in Betracht zieht.«[10]

Was war geschehen? Es ist insbesondere Heisenbergs Verdienst, mit seiner Formulierung der sogenannten Unschärferelation (oder Unbestimmtheitsrelation) ebendiese Lücke im klassischen Verständnis der Kausalität aufgedeckt zu haben. Im oben genannten, übrigens auch für Nichtphysiker wunderbar lesbaren Aufsatz erläutert er den Paradigmenwechsel, der hier stattgefunden hat. Die klassische Physik hatte bislang Kausalität so verstanden, dass immer dann, wenn alle bestimmenden Aspekte eines isolierten Systems bekannt wären, man daraus den zukünftigen Zustand des Systems berechnen könnte. Mit anderen Worten, die Wirkung ließe sich aus der Kenntnis der Ursache heraus ableiten. Genau das wird laut Heisenberg nun durch die Quantentheorie infrage gestellt: »In der neueren Quantentheorie stellt sich nun eben die genannte Hypothese als unrichtig heraus, wie ich später besprechen werde. Es ist prinzipiell nicht möglich, alle zur Berechnung der Zukunft notwendigen Bestimmungsstücke eines isolierten Systems zu ermitteln.« Die klassische Auffassung des Kausalitätsprinzips ist daher laut Heisenberg »inhaltsleer; sie hat keinen Gültigkeits- oder Anwendungsbereich mehr und ist deshalb auch für den Physiker nicht von Interesse«.[11]

Der Übeltäter, der hinter dieser Demontage steckt, ist die Quantenmechanik. Seitdem Planck dem eigenartigen Welle-Teilchen-Dualismus des Lichts auf die Spur gekommen war, also dass sich Licht mal wie eine kontinuierliche Welle und mal wie diskrete Teilchen verhält, hatten die Atomphysiker zwischen 1900 und 1925 diesen Dualismus nicht nur beim Licht, sondern bei allen subatomaren Teilchen entdeckt und zu beschreiben versucht. Dabei waren Niels Bohr, Erwin Schrödinger, Louis de Broglie, Werner Heisenberg, Wolfgang Pauli und viele andere an die Grenzen der klassischen Mechanik gestoßen. Im Mikrokosmos der Elementarteilchen war auf einmal eine Formel notwendig, die nicht länger über den konkreten Ort oder die Geschwindigkeit der Partikel Auskunft gab, sondern die nur noch statistische Angaben über die Wahrscheinlichkeit machen konnte, mit der man an bestimmten Orten bestimmte Teilchen beobachten würde. Diese neue Formel war die von Erwin Schrödinger gefundene Wellenfunktion – und mit ihr waren plötzlich scheinbar magische Dinge möglich.

Auf einmal ließ sich rechnerisch herleiten, dass ein Teilchen zur selben Zeit an unterschiedlichen Orten sein konnte. Oder man stellte fest, dass sich ein Teilchen erst im Augenblick seiner Beobachtung für einen von mehreren Zuständen »entschied« – ein Umstand, den Schrödinger mit seinem morbiden Gleichnis von der Katze, die erst in dem Moment, in dem sie betrachtet wird, tot *oder* lebendig ist, die aber bis dahin auf seltsame Weise *beides* war, zu erklären versucht hat. Was wollte man hierbei noch Ursache, was Wirkung nennen? Diese sogenannten Quanteneffekte hatten die Kausalität »inhaltsleer« gemacht. Das war das zweite, viel grundlegendere Problem.

Ein Problem, vor dem auch die Physiker in Lius Novelle stehen und das sie auf eine geniale Weise lösen. Denn um diese plötzliche Unbestimmbarkeit, diese letztendliche Unberechenbarkeit der Natur irgendwie doch in den Griff zu bekommen, bedienen sie sich einfach eines Tricks: Liu lässt sie kurzerhand eine Art mathematische »Hülle« um die leidigen Quanteneffekte stricken, die aus dem »Wellengekräusel auf der Oberfläche des Meeres der Materie« ein nun viel besser berechenbares »makroskopisches Objekt« macht. Und – schwupps – schon schlüpft aus dem virtuellen Modell eines Eis mit kausaler Unausweichlichkeit ein virtuelles Huhn!

Bemerkenswerterweise ist dieser Trick aber gar nicht unbedingt ein erzählerischer Kniff von Cixin Liu. Das makroskopische Modell, von dem der Klimawissenschaftler Bai Bing erzählt, ist keineswegs Science-Fiction, sondern in gewisser Weise bereits reale Science – dieser Trick nennt sich nämlich De-Broglie-Bohm-Führungsfeldtheorie oder schlicht Bohm'sche Mechanik.[12] Um den Gedanken dahinter zu verstehen, muss man sich nur an eine scherzhafte Bemerkung erinnern, die Niels Bohr in Kopenhagen gegenüber Werner Heisenberg immer wieder gemacht hat: »Alles, was geschieht, das musste auch geschehen!«[13] Mit anderen Worten, die Kausalkette kann so verworren sein, wie sie will, im Nachhinein ist der Zusammenhang zwischen Ursache und Wirkung immer ganz eindeutig. Das versucht auch die Bohm'sche Mechanik, indem sie die Zusammenhänge der Quantenmechanik auf eine völlig neue Weise so formuliert, dass die Unbestimmbarkeiten und bloßen Wahrscheinlichkeiten, mit denen man eventuell ein Teilchen beobachten kann, sich wie von Zauberhand in berechenbare Flugbahnen verwandeln. Was in der Quantenmechanik in der Unschärferelation »verschwand«, tritt nun als klar formulierter Zusammenhang wieder zutage, und »das Universum offenbart uns wieder seine streng kausale, deterministische Natur«, wie es bei Liu heißt. Der Trick, wie bei so vielen wissenschaftlichen Theorien, liegt bei der Bohm'schen Mechanik in der Auswahl der Variablen für den Ausgangszustand.

Nichts anderes geschieht in Lius Spiegelsimulation. Der Softwareingenieur Cixin Liu, der jahrelang in einem Kraftwerk an Modellen für chemische und physikalische Verfahren und Reaktionen gearbeitet hat, hat hier in die tiefe Schublade der theoretischen Physik gegriffen, um uns ein Lehrstück über die Untiefen und Windungen des Kausalitätsprinzips zu geben. Wir sehen seinen Figuren zu, wie sie mit Hilfe der Spiegelsimulation eine Tapisserie zusammensticken, auf der ganze Universen Platz finden – nur um festzustellen, dass die Welt von Lius Geschichte, ja sogar unser eigenes, reales Universum bereits auf dieser Tapisserie enthalten ist.

Die Kopie wird zur Realität, und offenbar hat niemand ein Problem damit. Wirklich?

Spieglein, Spieglein an der Wand

Es ist ein eigenartiges Spiel, das Liu in seinem Text mit dem Zusammenwirken von Wirklichkeit und Abbild treibt. Wir müssen nach dem mexikanischen Triptychon aus den 1960ern gute fünfhundert Jahre in der Kunstgeschichte zurückgehen, um auf ein Bild zu stoßen, das uns eine Erklärungshilfe für dieses Spiel mit Realität und Spiegelwelt geben kann.

Im Jahr 1434 schuf der flämische Maler Jan van Eyck das Porträt eines jungen Paares in Brügge, nämlich von Giovanni Arnolfini, dem Spross einer reichen italienischen Bankiersfamilie aus Lucca, und seiner Verlobten Jeanne de Cenami, Tochter eines in Paris ansässigen italienischen Edelmanns, der seinen Namen zu Guillaume de Cenami geändert hatte.[14] Das Gemälde ist in mehrerlei Hinsicht bemerkenswert. Zum einen stammt es aus einer Zeit, als Künstler überhaupt erst begannen, ihr Werk zu signieren. Und Jan van Eyck hat das ganz hemmungslos getan: Mitten im Bild, genau zwischen den beiden zukünftigen Vermählten, ist in deutlicher, schön verschnörkelter Schrift zu lesen: »Johannes de Eyck fuit hic« – und man kann diesen Spruch entweder als Signatur des Künstlers sehen, oder man kann es auch als die formale Unterschrift eines juristischen Zeugen der Verlobung betrachten. Aus unserer modernen Sicht klingt darin allerdings auch ein wenig das universale Bedürfnis nach menschlicher Hinterlassenschaft an, wie wir es heute noch an den Sockeln vieler Denkmäler, Parkbänke und Toilettenwände weltweit hingekritzelt finden: »Jan van Eyck war hier«.

Ein anderer Aspekt des Bildes ist noch viel interessanter. Ebenfalls im Hintergrund, gleich unterhalb der Signatur und von den Proportionen direkt vor dem Auge der Betrachter angeordnet, ist ein gewölbter Wandspiegel zu sehen. Und wenn man genau hinschaut, dann kann man in diesem Spiegel nicht nur die Rückseiten des abgebildeten Paares sehen, sondern auch die Tür des Raumes, durch die zwei weitere Personen, also vielleicht der Maler (und wir mit ihm), das Paar betrachten. Innerhalb des Bildes ist demnach ein Spiegel zu sehen, der den Rahmen des Bildes selbst sprengt und scheinbar auch die Wirklichkeit jenseits des Bildes darstellt.

Diese Selbstverständlichkeit, mit der sich hier Abbild und Wirklichkeit überlappen, mit der einem Spiegelbild, einer Kopie ebenfalls Wirklichkeitswert zugesprochen wird, ist ein besonderes Merkmal des fernöstlichen Denkens. Der Philosoph Byung-Chul Han hat sich in seinem Essay »Shanzai« mit diesem Aspekt der chinesischen Kultur beschäftigt. Dieses Denken, so Han, lässt »die Idee des Originals nicht zu, denn Originalität setzt den Anfang im emphatischen Sinne voraus. Nicht die Schöpfung mit einem absoluten Anfang, sondern der kontinuierliche Prozess ohne Anfang und Ende, ohne Geburt und Tod ist bestimmend für das chinesische Denken.«[15]

Besonders deutlich wurde dieser Umstand, als sich 2007 das Hamburger Völkerkundemuseum gezwungen sah, seine Ausstellung von aus China eingeflogenen Terrakotta-Kriegern wieder zu schließen und die Tonfiguren zurückzugeben – handelte es sich dabei doch um Kopien und nicht, wie angekündigt, um Originale jener gewaltigen Armee, die das Grabmal des ersten chinesischen Kaisers Qin Shihuangdi zierte. In China verstand man die Entrüstung der Deutschen überhaupt nicht, wurden schließlich die Figuren zum großen Teil aus authentischem Material originalgetreu nachgebildet.

Han erklärt nun, dass es im Chinesischen zwei Wörter für

»Kopie« gibt. *Fangzhipin* (紡織品) sind offensichtliche Nach-
bildungen, während mit *fuzhipin* (复制品) Kopien gemeint
sind, die vom Original nicht zu unterscheiden, ja mit ihm
gleichwertig sind.[16] Und wenn nun die einzelnen Krieger der
Terrakotta-Armee Produkte einer antiken Massenproduktion
waren, so ist es laut Han nur schlüssig und überhaupt nicht
negativ konnotiert, dass direkt neben der Ausgrabungsstätte
dieser Armee der Prozess der Massenproduktion von gleich-
wertigen »Originalen« aus Originalmaterial wieder aufgenommen wurde.

»Im klassischen Chinesisch heißt das Original *zhen-ji*
(真迹)«, erklärt Byung-Chul Han. »Wörtlich bedeutet es die
›echte Spur‹.«[17] Von den vielen Abdrücken, die das Wirkliche
uns in Form von Kunstwerken oder Gegenständen hinter-
lässt, ist die erste Spur vielleicht die wichtigste, aber sie kann
sich in viele weitere Spuren verzweigen, die ebenso auf die-
selbe Wirklichkeit hinweisen. Aus diesem Grund ist die
Selbstverständlichkeit so bezeichnend, mit der Lius Figuren
ausnahmslos von der Macht der Spiegelsimulation überzeugt
sind. Keinem kommt es in den Sinn, den virtuellen Spiegel
als ein bloßes Computerprogramm abzutun – nein, wer mit
dem Spiegel in Berührung gekommen ist, sieht nur noch die
Wirklichkeit darin: »Das ist unser Universum«, das ist für den
Kommandanten sofort klar.

Lius geniale Wirklichkeitskopie ist ein Spiegel, in dem auf
einmal Dinge sichtbar werden, die bisher verborgen geblieben waren und die nun einen neuen Blick auf die Wirklichkeit erlauben. Die Art und Weise, wie Liu hier die Betrachter – sowohl innerhalb der Geschichte als auch uns Leser – in

seine Bildwelt mit einbezieht, trägt bereits Züge einer Insze-
nierung.

Eine dramatische Versuchsanordnung

In Bristol befindet sich das Arnolfini Arts Centre. Hier wurde
unter anderem ein chinesischer Künstler präsentiert, der in
den letzten Jahren mit aufregenden Performance-Art-Insze-
nierungen und crossmedialen Kunstwerken auf sich aufmerksam gemacht hat: Liu Ding. Der Maler, Fotograf, Kurator
und Designer zeigte 2005 auf der Triennale in Guangzhou ein
Werk mit dem Titel »Products«, bei dem nicht nur die Grenzen zwischen Performance und bildender Kunst aufgelöst
wurden, sondern das auch die Auflösung der Grenze zwischen
Original und Kopie eindrucksvoll demonstrierte. Für die Zeit
der Ausstellung heuerte Liu Ding eine Reihe von Malern an,
die er live vor Publikum dasselbe Motiv, eine Landschafts-
szene mit Baum und Wasser, in Serienproduktion nachmalen
ließ. Anschließend stellte er diese fast identischen Gemälde in
einem einer europäischen Galerie nachempfundenen Raum
aus.[18] Wieder findet hier eine Grenzüberschreitung statt. Die
erschaffene Kunstwelt wird in Form einer Massenproduktion
kopiert, und nun werden die Betrachter damit nicht nur konfrontiert, sondern sie werden als Konsumenten des Kunst-
werks in die Massenproduktion mit einbezogen und müssen
sich gleichzeitig mit ebendiesem Aspekt der Kunstschöpfung
auseinandersetzen.

Dasselbe macht Liu in seiner Novelle mit literarischen

Mitteln, und das erweitert den Horizont dieses kleinen Prosa-stückes nun schon ein drittes Mal. Diesmal ragt die chine-sische Gegenwart in den Text hinein, eine Gegenwart, in der uralte Denktraditionen mit der jüngeren Geschichte des Maoismus zusammenprallen und wo der von Staatsführer Xi Jinping propagierte »chinesische Traum« auf die Realität von globaler Marktwirtschaft und internationaler Machtpolitik trifft. Der Ostasienkenner und Autor Jan-Philipp Sendker formuliert diese chinesische Gegenwart als Frage: »China ist nach wie vor eine Nation auf der Suche nach ihrer Seele, nach ihrer Identität und ihrem Platz in der Welt. Das Reich der Mitte ist nicht länger das Zentrum des Universums, aber was ist es dann?«[19]

Dieser Frage widmet sich Liu in »Spiegel« auf eine Weise, die fast schon einer wissenschaftlichen Versuchsanordnung gleicht. Ähnlich wie bei einem Experiment stellt Cixin Liu seine Figuren und deren Ausgangssituation zusammen, um dann die Auswirkungen der Kraft, die er damit untersuchen will, anhand der dramaturgischen Entwicklungen zu beob-achten. Das Phänomen, das Liu hier in den Mittelpunkt seines Erzählens stellt und für das er eben jene aufwendig konstruierte Spiegelsimulation samt Superstringcomputer ersinnt, ist das gesellschaftliche Phänomen der Macht, oder genauer: die Korruption als Ausdruck einer Krise der Macht.

Nun besteht das chinesische Wort für Krise, *weiji* (危机), aus zwei Zeichen, wovon das eine, *wei* (危), »Gefahr« bedeu-tet und das andere, *ji* (机), für »Gelegenheit« steht.[20] Dies ist das Spannungsfeld, in das Cixin Liu seine Figuren hinein-stellt: den Kommandanten, den Idealisten Song Cheng, den loyalen Handlanger Chen Xufeng, den Opportunisten Lü Wenming sowie den Technokraten Bai Bing. Auf der einen Seite lauert die Gefahr – der drohende gesellschaftliche Verfall im großen, gesamtgesellschaftlichen Maßstab und der Verlust von Geld, Macht, Freiheit, ja des Lebens im kleinen, persönlichen Maßstab. Auf der anderen Seite tun sich aber auch Chancen auf – der Kommandant entfaltet die Vision eines Gleichgewichts zwischen Strafverfolgung und ökonomischem Fortschritt, während Song von einer strahlenden Zukunft und einer Welt träumt, in der es unmöglich sein wird, Verbrechen zu begehen. Man könnte also beinahe von einem Welle-Teilchen-Dualismus der Krise sprechen, und diese Doppelnatur untersucht Liu in der Versuchsanordnung seiner Novelle.

Alle erzählerischen und wissenschaftsfiktionalen Mittel, die Liu auf diese Grundkonstellation anwendet, führen die Macht und mit ihr die Figuren, denen Macht in unterschiedlicher Form zugeteilt wurde, zum unausweichlichen Punkt ihrer größten Krise: der Entdeckung und Publikation der Spiegelsimulation. Hier, wo Ursache und Wirkung in eins zusammenfallen, wo Original und Abbild ineinander übergehen und wo die Simulation die Wirklichkeit bestimmt, trifft nun die gesellschaftliche Realität des Chinas der Gegenwart auf den Doppelspalt der Science-Fiction: Korruption wird als Illusion eines Kräftegleichgewichts entlarvt – hierbei schreibt Liu im Übrigen ganz im Sinne der chinesischen Staatsführung, die sich den Kampf gegen Korruption auf die Fahnen geschrieben hat –, aber das Ideal einer mit Hilfe von Technologie von allen Fehlern befreiten Menschheit wird ebenfalls als gefährliche Utopie demaskiert. Im Laufe dieser Enthüllungen wird das Leben aller Figuren unbarmherzig aus der Bahn geworfen. Einzig die Macht der wissenschaftlichen Entdeckung triumphiert am Ende, und auch sie bringt ihre Krise, also: ihre Chancen und Gefahren, bereits mit sich.

In dieser Hinsicht demonstriert Liu also in der Kürze seines Novellentextes auf meisterhafte Weise das Potenzial des utopischen Erzählens. Indem er sich Mathematik und Physik als Erzähltechnik zunutze macht, schreibt er tatsächlich »Wissenschafts-Fiktion«. Seine Geschichte hat die Kosmogonie der Spiegelsimulation in unsere Köpfe gepflanzt – und damit ragt diese Utopie bereits in unsere Wirklichkeit hinein. Das ist es, was große Science-Fiction, was große Weltliteratur auszeichnet.

Die Zukunft wird zeigen, welches Küken aus diesem Ei noch schlüpfen wird.

Sebastian Pirling

Anmerkungen zum Nachwort

1   Zitiert nach: Gerhard Vollmer: *Evolutionäre Erkenntnistheorie,* S. Hirzel: Stuttgart 1980 (2. Auflage), S. 167

2   Siehe Andrew George: »Die Kosmogonie des alten Mesopotamien«, in: *Anfang & Ende – Vormoderne Szenarien von Weltentstehung und Weltuntergang,* Philipp von Zabern: Darmstadt 2016, S. 13 f.

3   Chitralekha Basu und Guo Shuhan: »What lies beyond«, *China Daily* 17.12.2010

4   »Das Verhältnis zum Universum imaginieren«, Interview auf diezukunft.de, 22.02.2017

5   Ebd.

6   Sascha Mamczak: *Die Zukunft – Eine Einführung,* Heyne: München 2014, S. 18

7   Weitere Infos zu Malerin und Werk auf remedios-varo.com

8   Mathias Frisch: »Kausalität in der Physik«, in *Philosophie der Physik*, herausgegeben von Michael Esfeld, Suhrkamp: Berlin 2013 (4. Auflage), S. 411 – 426

9   Ebd., S. 413 f.

10 Werner Heisenberg: »Kausalgesetz und Quantenmechanik«, in: *Erkenntnis*, hrsg. von Rudolf Carnap und Hans Reichenbach, Band 2/1, Felix Meiner Verlag (heute: Springer) 1931, S. 172 – 182, hier: S. 172

11 Ebd.

12 Einen guten Überblick über die philosophische Tragweite der Bohm'schen Mechanik für die Quantentheorie gibt der Aufsatz von Detlef Dürr und Dustin Lazarovici: »Quanten-

physik ohne Quantenphilosophie«, in: *Philosophie der Physik,* a. a. O., S. 110 – 134

13 Siehe Heisenberg: »Kausalgesetz und Quantenmechanik«, a. a. O.

14 Eine Darstellung der Herkunftsgeschichte des Gemäldes gibt Erwin Panofsky: »Jan van Eyck's *Arnolfini* Portrait«, in: *The Burlington Magazine for Connoisseurs,* Vol. 64, No. 372 (1934), S. 117 – 127

15 Byung-Chul Han: *Shanzhai. Dekonstruktion auf Chinesisch,* Merve: Berlin 2011, S. 10

16 Ebd., S. 62 f.

17 Ebd., S. 19

18 Aus Margrit Manz' Interview mit dem Kunstsammler Uli Sigg in: *Konfuzius Institut,* No. 4/2016 Leipzig, S. 53

19 Jan-Philipp Sendker: *Risse in der Großen Mauer. Gesichter eines neuen China,* Heyne: München 2007 (4., aktualisierte Taschenbuchauflage), S. 10

20 Ebd., S. 15

Wollen Sie mehr von Cixin Liu lesen?

Cixin Liu

Die drei Sonnen

Band 1 der Trisolaris-Trilogie

Leseprobe

Wang Miao fand, dass die vier, die ihn da aufsuchten, ein komisches Trüppchen waren: zwei Polizisten und zwei Soldaten. Einen Trupp bewaffneter Volkspolizisten hätte er noch irgendwie nachvollziehen können, aber warum waren zwei Infanterieoffiziere dabei?

Die Polizisten waren ihm vom ersten Augenblick an unsympathisch. Der junge Mann in Polizeiuniform ging ja noch, aber der in Zivil war richtig unangenehm. Ein klobiger, fetter Kerl mit fleischigem Gesicht und Hängebacken. Er trug eine speckige Lederjacke, stank nach Zigarettenrauch und sprach mit übertrieben lauter Stimme. Diese Sorte war ihm seit jeher ein Gräuel.

»Wang Miao?«

Schon die Art, wie der Polizist ihn ansprach, grob und unfreundlich, bereitete ihm großes Unbehagen. Der Mann wartete seine Antwort gar nicht ab. Stattdessen gab er seinem jungen Kollegen einen Wink, woraufhin der vortrat und ihm seinen Polizeidienstausweis zeigte.

Der ältere Polizist zündete sich eine Zigarette an und machte Anstalten, Wang Miaos Wohnung zu betreten.

»Bitte nicht rauchen in meiner Wohnung.« Er stellte sich dem Mann in den Weg.

»Entschuldige bitte, Professor Wang.« Der junge Polizist

146

lächelte. »Das ist unser Gruppenkommandeur Shih Qiang.«
Dabei bedachte er diesen mit einem vielsagenden Blick.

»Also gut, dann unterhalten wir uns im Hausflur.« Shih
Qiang machte einen tiefen Lungenzug, bei dem die Zigarette
fast zur Hälfte verglühte. Dann blies er den Rauch wieder aus
und sah seinen Kollegen an. »Frag du ihn.«

»Professor Wang, stimmt es, dass du in letzter Zeit Kontakt
zur Organisation Frontiers of Science hattest?«

»Frontiers of Science ist eine bedeutende internationale
Organisation, die Akademiemitglieder sind ausnahmslos berühmte Gelehrte. Warum sollte ich zu so einer völlig legi-
timen wissenschaftlichen Einrichtung keinen Kontakt haben
dürfen?«

»Du solltest dir mal selbst zuhören!« Shih Qiang wurde
laut. »Haben wir etwa gesagt, dass die nicht legitim sind?
Oder dass du mit denen nichts zu tun haben darfst?« Beim
Sprechen blies er Wang Miao eine Rauchwolke direkt ins
Gesicht.

»Na gut. Dann möchte ich euch bitten, meine Privatsphäre
zu respektieren. Ich muss eure Fragen nicht beantworten.«

»Deine *Privatsphäre*? Ein berühmter Wissenschaftler wie
du trägt eine gewisse Verantwortung für die öffentliche Sicherheit.« Shih Qiang schnippte den aufgerauchten Stummel weg
und zog aus einem zerknautschten Päckchen gleich die nächste
Zigarette hervor.

»Es ist mein Recht, nicht zu antworten. Geht jetzt bitte.«
Wang Miao drehte sich um und wollte in seine Wohnung
zurückgehen.

»Stopp, hiergeblieben!« Shih Qiang winkte den jungen

Polizisten herbei. »Gib ihm Telefonnummer und Adresse.« Dann wandte er sich wieder an Wang Miao. »Dort kannst du morgen Nachmittag hingehen.«

»Was wollt ihr eigentlich von mir?«, fragte Wang Miao scharf.

Vom Streit alarmiert, streckten inzwischen die Nachbarn die Köpfe aus den Wohnungstüren.

»Hauptmann Shih!« Der junge Polizist zog Shih Qiang auf die Seite und redete leise auf ihn ein. Er schien sehr aufgebracht. Anscheinend kam nicht nur Wang Miao schlecht mit Shih Qiangs Rüpelhaftigkeit zurecht.

»Professor Wang, bitte versteh uns nicht falsch.« Einer der Infanterieoffiziere, ein Major, trat eilig vor. »Wir haben eine wichtige Besprechung, zu der wir einige Wissenschaftler und Spezialisten hinzubitten möchten. Unser Vorgesetzter hat uns geschickt, um dich einzuladen.«

»Ich habe zu tun.«

»Das wissen wir. Unser Chef hat der Leitung des Forschungsinstituts für Supraleiter bereits Bescheid gegeben. Es ist äußerst wichtig, dass du an dieser Besprechung teilnimmst. Wenn es dir gar nicht möglich ist, müssen wir die Sitzung verschieben und warten, bis du Zeit hast.«

Shih Qiang und sein Kollege sagten nichts mehr. Sie drehten sich um und gingen die Treppe hinunter. Die beiden Soldaten sahen ihnen nach und machten dann ihrem Unmut Luft.

»Was erlaubt sich dieser Mann bloß?«, flüsterte der Major seinem Kameraden zu.

»Der hat schon so einiges auf dem Kerbholz. Vor ein paar

Jahren hat er bei einer Geiselnahme Mist gebaut. Hat eigenmächtig und ohne Rücksicht auf das Leben der Geiseln gehandelt. Mit dem Ergebnis, dass eine dreiköpfige Familie von Kriminellen umgebracht wurde. Außerdem unterhält er angeblich Kontakte zum organisierten Verbrechen und hetzt die einzelnen Triaden gegeneinander auf. Und letztes Jahr hat er einen Verdächtigen gefoltert, um ihm ein Geständnis abzupressen. Dabei hat er ihn verstümmelt. Deswegen hat man ihn vorübergehend vom Dienst suspendiert.«

»Wie kommt so einer zum Bereitschaftskommando der Kampftruppen?«

»Der Chef höchstpersönlich wollte ihn haben. Er hat wohl irgendwelche überragenden Fähigkeiten. Allerdings hat man seine Handlungsbefugnisse streng eingeschränkt. Bei allen Aufgaben, die nicht die öffentliche Sicherheit betreffen, lässt man ihn völlig außen vor.«

Bereitschaftskommando der Kampftruppen? Was mochte das sein? Wang Miao blickte die zwei Offiziere verständnislos an.

Der Wagen, der Wang Miao abholte, fuhr ihn zu einem großen Gebäudekomplex am Stadtrand. Am Haupteingang gab es nur ein elektronisches Türschloss mit Pincode, aber kein Namensschild. Daraus schloss er, dass das Gelände vermutlich dem Militär und nicht der Polizei gehörte.

Die Sitzung fand in einem großen Saal statt, und Wang Miao erstaunte das Durcheinander, das dort herrschte. Computer und Zubehör standen überall unordentlich an den Wänden, und wo die Sachen nicht auf die Tische passten, hatte man sie auf dem Boden platziert, zwischen einem Gewirr aus Strom- und Internetkabeln. Einen großen Stapel Router hatte man gar nicht erst in die Computergehäuse eingebaut, sondern einfach oben auf die Server gestellt. Wo man auch hinsah, lag Druckerpapier verstreut. In den Ecken des Raums standen kreuz und quer große Videoeinwände. Sie erinnerten an Zigeunerzelte. Eine Schwade Zigarettenqualm hing wie Morgennebel auf halber Höhe im Raum …

Wang Miao wusste nicht, ob dies das Bereitschaftskommando der Kampftruppen war, von dem der Offizier gesprochen hatte, aber in einem Punkt war er sich sicher: Womit sie sich hier auch beschäftigen mochten, war so wichtig, dass für Ordnung keine Zeit blieb.

Die auf die Schnelle aufgestellten Sitzungstische waren vollgepackt mit Unterlagen und Krimskrams. Die Sitzungsteilnehmer sahen übermüdet aus. Ihre Kleidung war zerknautscht. Wer Krawatte trug, hatte den Knoten gelockert. Alle wirkten, als hätten sie die Nacht durchgemacht.

Geleitet wurde die Sitzung von einem Generalmajor namens Chang Weisi. Das Plenum bestand zur Hälfte aus Soldaten. Bei einer kurzen Vorstellungsrunde erfuhr Wang Miao, dass auch einige Polizisten unter den Anwesenden waren. Die übrigen Teilnehmer waren wie er Wissenschaftler, darunter einige sehr renommierte, die sich auf Grundlagenforschung spezialisiert hatten.

Erstaunt stellte Wang Miao fest, dass auch vier Ausländer teilnahmen, von denen zwei sogar Militärs waren: ein Colonel von der amerikanischen Air Force und ein Major von der englischen Infanterie. Sie waren hier als Kontaktpersonen für die NATO-Streitkräfte. Die beiden anderen waren CIA-Agenten und offensichtlich so etwas wie Beobachter.

Auf allen Gesichtern war ein Gedanke zu lesen: Wir haben getan, was wir konnten. Lasst uns jetzt verdammt noch mal zum Ende kommen!

Wang Miao sah Shih Qiang am Tisch sitzen. Er war wie ausgewechselt, keine Spur mehr von der gestrigen Grobschlächtigkeit. Er grüßte ihn, aber sein aufgesetztes Grinsen konnte Wang Miaos Stimmung nicht heben. Er hatte keine Lust, neben ihm zu sitzen, doch das war der einzige freie Platz. Die Qualmwolke im Raum, die ohnehin schon recht dicht war, wurde noch dicker.

Als die Sitzungsunterlagen ausgegeben wurden, beugte Shih Qiang sich zu ihm herüber. »Professor Wang, du forschst doch an irgendeinem ... brandneuen Material, oder?«

»Ich erforsche Nanomaterialien.«

»Davon habe ich gehört. Das ist ganz schön starkes Zeugs, richtig? Ist sowas nicht bei Verbrechern heißbegehrt?«

Da Shih Qiang immer noch grinste, konnte Wang Miao nicht sagen, ob er seine Frage ernst meinte. »Was meinst du?«

»Hm, ich habe gehört, an einem haarfeinen Faden aus diesem Spielkram könne man einen ganzen Lkw aufhängen. Und wenn Kriminelle was davon stehlen und zu einem Messer verarbeiten, könnten sie damit ein Auto sauber in der Mitte durchschneiden.«

»Dazu müsste man es gar nicht erst zu einem Messer verarbeiten. Man kann Nanofäden herstellen, die hundertmal dünner als ein Haar sind. Wenn man so einen über eine Straße spannt, geht der durch vorbeifahrende Autos wie durch Butter. Aber letztlich kann man doch alles für ein Verbrechen verwenden! Sogar ein stumpfes Fischmesser …«

Shih Qiang zog aus seiner Mappe ein paar Unterlagen halb hervor, steckte sie dann aber wieder zurück. Offensichtlich hatte er keine Lust darauf. »Das stimmt natürlich. Sogar mit Fischen kann man Straftaten begehen. Ich habe mal in einem Mordfall ermittelt, bei dem eine Frau ihrem Mann seinen kleinen Freund abgeschnitten hat. Rate mal, was sie dazu benutzt hat – einen Tilapia-Buntbarsch aus dem Tiefkühlfach! Im gefrorenen Zustand waren die zackigen Rückenflossen des Fisches wie ein scharfes Sägemesser …«

»Da vergeht mir die Lust gründlich. Ehrlich gesagt will ich das gar nicht hören. Hast du mich deswegen zu dieser Sitzung kommen lassen? Um darüber mit mir zu reden?«

»Fisch und Nanomaterial? Nein, damit hat das hier nichts zu tun.« Shih Qiang senkte seine Stimme zu einem Flüstern. »Lass die mal schön zappeln, wir werden denen nichts erzählen. Die verachten uns und wollen uns nur aushorchen. Aber selbst rücken sie mit gar nichts raus. Ich bin schon seit einem ganzen Monat hier und weiß genauso wenig wie du.«

»Genossen! Die Sitzung ist eröffnet«, begann Generalmajor Chang. »Von allen Kriegsgebieten rund um den Globus stehen wir hier augenblicklich im Brennpunkt. Eingangs gebe ich den Genossen Sitzungsteilnehmern einen Überblick über die aktuelle Lage.«

Der ungewohnte Begriff »Kriegsgebiet« verwirrte Wang Miao. Er merkte außerdem, dass der Generalmajor nicht beabsichtigte, jemand Neuem wie ihm umfassende Hintergrundinformationen zu geben. Das wiederum bestätigte, was Shih Qiang gesagt hatte. Generalmajor Chang hatte während seiner kurzen Eröffnungsrede gleich zweimal das Wort »Genossen« gebraucht. Wang Miao sah zu den zwei NATO-Soldaten und den beiden Herren von der CIA hinüber, die der Generalmajor doch eigentlich als »Gentlemen« hätte ansprechen müssen.

»Sie sind ebenfalls Genossen, jedenfalls werden sie von den Leuten hier so angeredet.« Flüsternd deutete Shih Qiang mit dem Zeigefinger auf die vier Ausländer.

Obwohl er noch immer von den Worten des Generalmajors verwirrt war, nahm Wang Miao auch zur Kenntnis, dass Shih Qiang scheinbar seine Gedanken lesen konnte.

»Shih Qiang, stell das Rauchen jetzt ein. Hier ist es schon verqualmt genug«, sagte Generalmajor Chang, während er mit gesenktem Kopf in seinen Unterlagen blätterte.

Shih Qiang, der sich eben eine Zigarette angesteckt hatte, sah sich um. Da er keinen Aschenbecher finden konnte, warf er die Kippe in ein Glas Tee, wo sie zischend verlosch. Er hob die Hand zu einem Redebeitrag, wartete aber nicht ab, bis Generalmajor Chang ihm das Wort erteilte.

»Generalmajor, ich möchte meine Bitte noch mal wiederholen: Wir benötigen unbedingt einen gerechten Informationsaustausch.«

Chang blickte auf. »Bei Militäroperationen gibt es keine Informationsgleichheit. Ich bitte alle hier anwesenden Wissenschaftler um Nachsicht, dass wir nicht mehr Hintergrundinformationen zur Verfügung stellen können.«

»Bei uns ist das aber etwas anderes«, entgegnete Shih

Qiang. »Die Polizei hat sich von Anfang an am Bereitschaftskommando der Kampftruppen beteiligt. Aber wir wissen bis jetzt noch nicht mal genau, worum es bei diesem Kommando eigentlich geht. Ihr schließt uns aus. Ihr lasst euch über jeden Schritt unserer Arbeit bestens informieren, und dann serviert ihr uns einen nach dem anderen ab.«

Die anderen Polizeibeamten tuschelten miteinander und pflichteten Shih Qiang bei. Es überraschte Wang Miao, dass Shih Qiang es wagte, so mit einem hochrangigen Militär zu sprechen.

Aber auch Generalmajor Changs Erwiderung überraschte ihn. »Shih Qiang, anscheinend hast du immer noch das gleiche Problem wie damals bei der Armee. Wie kannst du es dir erlauben, für die Polizei das Wort zu ergreifen? Du warst wegen extrem schlechter Führung schon einige Monate vom Dienst suspendiert, und bei der Truppe für öffentliche Sicherheit wollten sie dich demnächst ganz rauswerfen. Ich habe dich hierher versetzen lassen, weil ich viel von deinen Erfahrungen beim städtischen Polizeidienst halte. Über diese Chance solltest du dich freuen.«

»Also soll ich jetzt darauf hoffen, dass ich mich durch gute Führung wieder rehabilitiere? Sagtet ihr nicht, meine Methoden wären alle unredlich und halbkriminell?«

»Aber sie sind wirkungsvoll.« General Chang nickte ihm zu. »Und das ist das Einzige, was für uns zählt. In Kriegszeiten können wir uns keine Skrupel erlauben.«

»Wir können nicht zu wählerisch sein«, warf einer der CIA-Agenten in perfektem Chinesisch ein. »Mit konventionellen Denkmustern kommen wir nicht mehr weiter.«

Der englische Major verstand offenbar auch Chinesisch. »To be, or not to be…«, kommentierte er auf Englisch.

»Was sagt er?«, wandte sich Shih Qiang hilfesuchend an Wang Miao.

»Ach, gar nichts«, antwortete Wang Miao mechanisch. Er konnte gar nicht glauben, was hier besprochen wurde, es war wie in einem Traum. Kriegszeiten? Wo war denn hier Krieg? Er wandte den Kopf und blickte zum Fenster auf der einen Seite des Sitzungssaals. In der Ferne konnte er die Stadt sehen, den Strom der Autos, der an diesem sonnigen Frühlingstag nicht abriss, die Menschen, die auf den Grünflächen ihre Hunde ausführten, und ein paar Kinder beim Spielen.

Welche Welt war real? Die hier drinnen oder die da draußen?

Generalmajor Chang ergriff erneut das Wort: »In jüngster Zeit sind die feindlichen Angriffe deutlich aggressiver geworden. Ihre Ziele sind immer noch die Elitekreise der Wissenschaft. Schaut euch bitte zuerst die Namensliste in euren Unterlagen an.«

Wang Miao zog das erste Blatt aus seiner Unterlagenmappe hervor. Es war ein in großer Schrift bedrucktes Papier, die Namensliste war offensichtlich in großer Eile erstellt worden und enthielt sowohl chinesische als auch englische Namen.

»Was ist dein Eindruck, Professor Wang, wenn du dir diese Liste anschaust?« Generalmajor Chang sah ihn an.

»Ich kenne drei von den genannten Personen. Alle drei sind berühmte Physiker, die bahnbrechende Forschung betreiben.« Wang Miao war nicht ganz bei der Sache. Sein Blick blieb beim letzten Namen der Liste hängen. Ihm war, als wären die beiden Zeichen mit einer andersfarbigen Tinte geschrieben als die Namen darüber. Wie war es möglich, dass er hier *ihren* Namen las? Was war mit ihr passiert?

»Kennst du sie?« Shih Qiang deutete mit seinem dicken, nikotingelben Finger auf ihren Namen.

Wang Miao reagierte nicht.

»Ah! Du kennst sie nicht. Aber du würdest sie gerne kennen.«

Jetzt verstand Wang Miao, warum Generalmajor Chang diesen Mann, der einst unter ihm gedient hatte, wieder an seiner Seite haben wollte. Dieser grobschlächtige Typ hatte einen messerscharfen Blick. Vielleicht war er kein guter Polizist, aber auf jeden Fall ein furchterregender.

Im vorigen Jahr war Wang Miao beim Zweiten Chinesischen Teilchenbeschleuniger in der Forschungsgruppe für die Supraleitungen verantwortlich gewesen. Als er eines Nachmittags auf der Baustelle in Liangxiang eine kurze Pause einlegte, fühlte er sich magisch von dem angezogen, was er dort vor sich sah. Sein Hobby war die Landschaftsfotografie, und so betrachtete er seine Umgebung oft wie eine künstlerische Bildkomposition.

Das Hauptelement dieser Komposition war die Supraleiterspule, die sie gerade montierten. Sie war erst zur Hälfte fertiggestellt und ragte zwei, drei Stockwerke hoch auf. Mit ihren riesigen Metallblöcken und dem Gewirr von Rohren für die Tiefsttemperaturanlage sah sie wie ein Monster aus. Wie ein Müllberg aus dem Schwerindustriezeitalter, jener Epoche der unmenschlichen Technik und der barbarischen Stahl-schmieden.

Vor diesem kaltherzigen Metallungeheuer stand eine jun-ge, grazile Frau. Die Lichtverhältnisse dieser Bildkomposition waren ebenfalls einzigartig. Das provisorisch über der Bau-stelle errichtete Zelt warf einen Schatten auf den metallenen Riesen, der seine kalte, raue Oberfläche noch betonte. Durch das Loch im Zeltdach drang ein einzelner goldener Strahl der Abendsonne und fiel genau auf die Frau. Das sanfte Licht schimmerte auf ihrem weich fließenden Haar und ließ ihren zartweißen Hals erstrahlen, der über dem Kragen des Arbeits-anzugs hervorlugte. Sie sah aus wie eine zarte Blume, die nach einem schrecklichen Unwetter auf einem Riesenschrott-haufen erblüht.

»Was glotzt du so? Mach dich wieder an die Arbeit!«

Schockartig fuhr Wang Miao aus seinen Tagträumen hoch. Da merkte er, dass der Leiter des Forschungszentrums für Supraleitungen gar nicht mit ihm sprach. Ein junger Ingenieur hatte die Frau ebenfalls unverwandt angestarrt.

Nachdem er aus der Kunst in die Realität zurückgekehrt war, fiel ihm auf, dass die Frau keine einfache Arbeiterin war. Der leitende Ingenieur stand neben ihr und erklärte etwas. Seine Haltung zeugte von Respekt.

»Wer ist sie?«, fragte Wang Miao.

»Du solltest sie kennen.« Sein Chef malte mit der Hand einen großen Kreis in die Luft. »In den Bau des Beschleunigers wurden zwanzig Milliarden Yuan investiert. Der erste Lauf wird wahrscheinlich ihr Modell der Stringtheorie beweisen. Eigentlich zählt in der theoretischen Physik vor allem Alter und Erfahrung, und sie hätte gar nicht als Erste zum Zug kommen dürfen. Doch von den hochbetagten Wissenschaftlern wollte keiner den Anfang machen, weil sie Angst hatten zu versagen und das Gesicht zu verlieren. Und so bekam sie ihre Chance.«

»Wie? Ist Yang Dong … eine Frau?«

»Richtig. Wir haben es auch erst vorgestern erfahren, als wir sie persönlich kennengelernt haben.«

Der junge Ingenieur schaltete sich ein: »Warum lässt sie sich nicht von den Medien interviewen? Hat sie irgendein psychisches Problem?

»Ach, Quatsch! Viele geniale Wissenschaftler sind medienscheu. Qian Zhongshu zum Beispiel war bis zu seinem Tod nicht ein einziges Mal im Fernsehen zu sehen.«

»Aber wenigstens wussten wir bei ihm, welches Geschlecht er hatte. Ich wette, sie hat in ihrer Kindheit irgendwas Ungewöhnliches erlebt. Und ist deswegen ein bisschen autistisch.«

Yang Dong kam mit dem leitenden Ingenieur herüber. Sie lächelte Wang Miao und den anderen freundlich zu, ging aber vorüber, ohne etwas zu ihnen zu sagen. Vor allem ihre kristallklaren Augen blieben Wang Miao im Gedächtnis.

Am Abend saß er in seinem Arbeitszimmer und betrachtete seine Lieblingsfotografien an den Wänden. Sein Blick verweilte auf einer Landschaft, die den Westen Chinas zeigte. Ein ödes Tal, an dessen Ende man die schneebedeckten Berge sehen konnte. Ein abgestorbener dunkelgrüner Maulbeerbaum nahm ein Drittel des Bildvordergrunds ein. In seiner Vorstellung platzierte Wang Miao die Frauengestalt, die ihm nicht aus dem Kopf ging, tief im Bildraum – am Ende des

Tals, wo sie ganz winzig aussah. Überrascht bemerkte er, dass das Bild zu leben begann, als hätte die fotografierte Szene die Gestalt wiedererkannt, als hätte sie von Anfang an nur für sie existiert.

Dann stellte er sie sich auch noch auf seinen anderen Fotografien vor. Zuweilen fügte er ihre hübschen Augen auch in den weiten blauen Himmel des Bildhintergrunds ein. Alle Bilder erwachten zu Leben und präsentierten sich ihm in bisher unvorstellbarer Schönheit. Früher hatte er immer gefunden, dass seinen Fotografien die Seele fehlte. Jetzt wusste er, dass *sie* auf ihnen gefehlt hatte.

»Alle Physiker auf dieser Liste haben während der letzten zwei Monate Selbstmord begangen«, sagte Generalmajor Chang.

Wang Miao war völlig erschüttert. Die schwarzweißen Landschaftsaufnahmen in seinem Geist verblassten. Ihre Gestalt war nicht mehr länger auf den Fotografien zu sehen, ihre Augen verschwanden vom Himmel. All diese Welten waren tot.

»Wann … ist das passiert?« Wang Miao fühlte sich wie versteinert.

»In den letzten beiden Monaten«, wiederholte Generalmajor Chang.

»Du fragst wohl nach dem letzten Namen auf der Liste?« Aus Shih Qiangs Flüstern klang Genugtuung. »Sie war die Letzte, die sich umbrachte. Vorgestern Abend, mit einer Überdosis Schlaftabletten. Ganz friedlich und ohne Schmerzen.«

Einen Moment lang war Wang Miao Shih Qiang dankbar.

»Warum?« Die Landschaftsfotografien liefen vor seinem inneren Auge noch immer wie eine Diaschau ab.

Generalmajor Chang zuckte mit den Achseln. »Bis jetzt steht nur fest, dass sie sich alle aus dem gleichen Grund das Leben genommen haben. Allerdings ist er schwer in Worte zu fassen. Aber vielleicht können wir Laien diesen Grund auch einfach nicht begreifen. In den Unterlagen findet ihr Auszüge aus ihren Abschiedsbriefen. Ihr könnt sie euch im Anschluss an die Sitzung in aller Ruhe ansehen.«

Wang Miao blätterte in den kopierten Schriftstücken, es waren alles ellenlange Aufsätze.

»Dr. Ding Yi, kannst du Professor Wang bitte Yang Dongs Abschiedsbrief zeigen? Er ist der kürzeste und vielleicht der charakteristischste von allen.«

Ding Yi, der die ganze Zeit über schweigend mit gesenktem Kopf dagesessen hatte, brauchte eine halbe Ewigkeit, bis er reagierte. Er zog einen weißen Briefumschlag hervor und reichte ihn über den Tisch.

»Er war Yang Dongs fester Freund«, raunte Shih Qiang Wang Miao ins Ohr.

Erst jetzt fiel Wang Miao auf, dass er Ding Yi ja von der Baustelle des Teilchenbeschleunigers in Liangxiang kannte. Er war Mitglied der Theorieforschungsgruppe. Dieser Physiker war weltberühmt geworden, weil er während seiner Forschungen zum Kugelblitz die Makroatome entdeckte. Wang Miao zog den Inhalt des Briefumschlags hervor, der einen feinen Duft verströmte. Es war kein Papier, sondern ein unregelmäßig geformtes Stück Rinde einer Weißbirke, auf dem in grazilen Schriftzeichen geschrieben stand:

Alles, wirklich alles, führt zu dem gleichen Ergebnis:
Die Physik hat niemals existiert und wird auch in Zukunft
nicht existieren. Ich weiß, dass ich mich so vor der Verant-
wortung drücke, aber ich habe keine Wahl.

Sie hatte nicht mal unterschrieben. Sie war tot.

»Die Physik … existiert nicht?« Wang Miao schaute verunsichert auf.

Generalmajor Chang schloss die Unterlagenmappe. »In jüngster Zeit wurden weltweit drei neue Teilchenbeschleuniger errichtet. Das Dokument enthält auch ein paar konkrete Informationen über die Ergebnisse der Experimente, die man dort durchgeführt hat. Es ist alles sehr speziell, und wir werden uns hier nicht damit beschäftigen. Stattdessen werden wir uns zunächst auf die Frontiers of Science konzentrieren. Als die UNESCO 2005 das Internationale Jahr der Physik ausrief, kam es zu einem intensiven Austausch von Wissenschaftlern in aller Welt. Die Organisation Frontiers of Science entstand ganz allmählich während der zahlreichen Konferenzen in diesem Jahr. Dr. Ding, du bist doch Spezialist der theoretischen Physik. Kannst du uns schildern, was damals geschah?«

Ding Yi nickte. »Ich hatte niemals direkten Kontakt mit Frontiers of Science, aber diese Organisation ist in akademischen Kreisen sehr berühmt. Sie beschäftigen sich mit einem Grundproblem unseres Wissenschaftszweigs: Seit der zweiten Hälfte des zwanzigsten Jahrhunderts wird die Physik immer komplizierter. Von der einfachen und präzisen Aussagekraft ihrer klassischen Theorien ist heute kaum noch etwas übrig. Die modernen Erklärungsmodelle werden immer undurchsichtiger und unbestimmter und lassen sich kaum noch in Experimenten überprüfen. Allem Anschein nach sind die physikalischen Forschungen an eine Grenze gestoßen. Die Organisation Frontiers of Science versucht, eine neue Denkrichtung zu eröffnen. Um es einfach auszudrücken: Ihre Mitglieder versuchen, mit wissenschaftlichen Methoden aufzuzeigen, wo die Grenzen der Wissenschaft liegen. Sie wollen herausfinden, wie weit man mit der Wissenschaft die Natur überhaupt begreifen kann – ob es eine Grenze gibt, die sich von der Wissenschaft nicht überwinden lässt. Nach dem heutigen Stand der Forschung scheint es eine solche Grenze zu geben.«

»Sehr gut«, sagte Generalmajor Chang. »Soweit wir herausfinden konnten, standen die meisten der Wissenschaftler, die sich das Leben genommen haben, in Kontakt mit Frontiers of Science. Manche waren sogar Mitglieder dieser Forschergemeinschaft. Aber wir fanden keinen Hinweis auf eine Gehirnwäsche, wie man sie bei einer Sekte erwarten würde. Oder auf die Einnahme von psychotropen Drogen. Mit anderen Worten: Wenn Frontiers of Science diese Wissenschaftler beeinflusst hat, dann nur im legalen wissenschaftlichen Austausch. Professor Wang, du hattest doch in jüngster Zeit Kontakt mit ihnen. Was kannst du uns über sie sagen?«

»Vor- und Zunamen der Kontaktpersonen. Zeitpunkt und Ort der Treffen. Inhalt der Gespräche. Und sofern es welche gab, Inhalt von Briefen und E-Mails …« Shih Qiang zählte die einzelnen Punkte an den Fingern ab.

»Sei still, Shih Qiang!« Generalmajor Chang sah ihn streng an.

»Auch wenn du mal den Mund hältst, halten wir dich nicht für stumm!«, zischte der Polizeibeamte neben Shih Qiang ihm zu. Dann hob er sein Teeglas zum Mund. Dabei bemerkte er den Zigarettenstummel darin und setzte es geräuschvoll wieder ab.

Wang Miao störte Shih Qiangs Verhalten extrem. Er fühlte sich, als hätte er eine Schmeißfliege verschluckt. Der Anflug von Dankbarkeit, den er vorhin noch verspürt hatte, war verpufft. Aber er zwang sich zur Ruhe. »Mein Kontakt zu Frontiers of Science kam über Shen Yufei zustande. Sie ist eine japanische Physikerin mit chinesischen Wurzeln und arbeitet heute bei einer japanischen Firma in Peking. Früher hat sie für Mitsubishi Electric in der Nanotechnik geforscht. Wir haben uns Anfang des Jahres bei einem Symposium für neue Technologien kennengelernt. Über sie habe ich ein paar ihrer Physikerfreunde kennengelernt. Sie sind alle Mitglieder bei Frontiers of Science, Chinesen und auch Ausländer. Die Gespräche mit ihnen drehten sich immer um sehr, wie soll ich sagen, entscheidende Themen. Dabei ging es immer um die Frage, die Dr. Ding gerade angesprochen hat: Was sind die Grenzen der Wissenschaft? Anfangs fand ich das alles nicht sonderlich interessant. Einfach eine Art Zeitvertreib. Mein Metier ist die angewandte Forschung, ich weiß nicht viel über diese theoretischen Themen. Also hörte ich ihnen hauptsächlich zu, während sie miteinander diskutierten und stritten. Sie waren alle kluge und tiefschürfende Denker mit sehr originellen Auffassungen. Ich fand, dass der Meinungsaustausch mit ihnen meinen Horizont erweiterte. Und allmählich wuchs auch mein Interesse. Aber sie diskutierten ausschließlich Themen, die wie am Himmel entlanggaloppierende Rösser waren, ohne jede Bodenhaftung. Alles bloße Theorie, sonst nichts. Sie luden mich auch dazu ein, Mitglied bei Frontiers of Science zu werden. Aber dann wäre die Teilnahme an solchen Symposien zur Pflicht geworden. Und weil mich das überfordert hätte, habe ich ihnen freundlich abgesagt.«

»Professor Wang«, sagte Generalmajor Chang, »wir möchten, dass du die Einladung annimmst und dich Frontiers of Science anschließt. Das ist der Hauptgrund, warum wir dich heute hierhergebeten haben. Wir hoffen, mit deiner Hilfe mehr über die inneren Abläufe in dieser Organisation zu erfahren.«

»Du meinst, ich soll sie bespitzeln?« Wang Miao war beunruhigt.

»Bespitzeln, dass ich nicht lache!« Shih Qiang schien von der Vorstellung ehrlich amüsiert.

Generalmajor Chang bedachte ihn mit einem tadelnden Blick. Dann wandte er sich wieder an Wang Miao. »Wir möchten nur, dass du uns ein paar Informationen beschaffst. Wir haben keinen anderen Zugang zu ihnen.«

Wang Miao schüttelte den Kopf. »Tut mir leid, Generalmajor. Das kann ich nicht machen.«

»Professor Wang, Frontiers of Science ist eine Organisation internationaler Top-Wissenschaftler. Es ist sehr schwer, etwas über sie herauszufinden. Wir bewegen uns da auf sehr dünnem Eis. Und wenn uns niemand von der Intelligenzija hilft, kommen wir keinen Schritt weiter. Nur deshalb wenden wir uns mit dieser taktlosen Bitte an dich. Aber wir werden deinen Wunsch respektieren. Wir können verstehen, wenn du nicht willst.«

»Ich … bin beruflich sehr eingespannt. Mir fehlt die Zeit.«

Generalmajor Chang nickte. »In Ordnung, Professor Wang. Dann möchten wir nicht mehr von deiner Zeit in Anspruch nehmen. Vielen Dank, dass du an dieser Besprechung teilgenommen hast.«

Wang Miao brauchte ein paar Minuten, bis er begriff, dass er damit entlassen war.

Generalmajor Chang begleitete ihn noch höflich bis zur Tür. Dabei hörte Wang Miao Shih Qiang in seinem Rücken lospoltern: »Das ist auch besser so. Ich war von Anfang an gegen diese Idee. Wo sich doch schon so viele Bücherwürmer das Leben genommen haben. Wenn wir den da auch noch hinschicken, wäre es ja, als würden wir einem Hund ein Fleischklößchen hinwerfen.«

Wang Miao wandte sich um und ging direkt auf Shih Qiang zu. Er hatte Mühe, seine Wut zu zügeln. »Solche Kommentare geziemen sich nicht für einen guten Polizisten.«

»Wer sagt, dass ich ein *guter* Polizist bin?«

»Wir wissen nicht, warum sich diese Forscher umgebracht haben. Und du solltest nicht so herablassend über sie sprechen. Schließlich haben sie mit ihrer Intelligenz einen unersetzlichen Beitrag für unsere Gesellschaft geleistet.«

»Du meinst, ich bin weniger wert als sie?« Shih Qiang sah von seinem Stuhl zu Wang Miao auf. »Aber wenigstens würde ich mich nicht gleich umbringen, nur weil mir irgendwer irgendeinen Mist erzählt.«

»Glaubst du etwa, ich …«

165

»Ich muss deine Sicherheit im Auge behalten. Stimmt doch, oder etwa nicht?« Shih Qiang blickte Wang Miao ins Gesicht und lächelte unverhohlen.

»In so einer Situation wäre es um meine Sicherheit bestimmt besser bestellt als um deine. Die Fähigkeit, etwas richtig zu beurteilen, steigt nämlich proportional zum vorhandenen Wissen.«

»Das sehe ich anders, jemand wie du …«

»Shih Qiang, noch ein einziges Wort, und du fliegst raus«, ging Generalmajor Chang dazwischen.

»Schon in Ordnung«, entgegnete Wang Miao, »lass ihn nur reden.« Er wandte sich zu Chang um. »Ich habe mich umentschieden. Ich werde eurem Wunsch entsprechen und Frontiers of Science beitreten.«

»Gut!« Shih Qiang nickte heftig. »Wenn du dann drin bist, musst du auf Zack sein. Lies immer, was auf den Computermonitoren steht, versuche, dir E-Mail-Adressen und URLs von Websites zu merken …«

»Hör auf! Wenn du glaubst, dass ich da den Spitzel spiele, liegst du falsch. Ich möchte nur beweisen, was für ein Idiot du bist.«

»Wenn du nach einer Weile noch leben solltest, hat es sich von selbst bewiesen. Aber ich fürchte …« Shih Qiang hob den Kopf. Aus seinem Lächeln war ein wölfisches Grinsen geworden.

»Natürlich werde ich am Leben bleiben! Aber dich möchte ich nie mehr wiedersehen.«

Generalmajor Chang begleitete Wang Miao die Treppe hinunter und bestellte einen Wagen, der ihn nach Hause fahren sollte. Zum Abschied sagte er: »Mach dir keine Gedanken wegen Shih Qiang. Das ist nun mal sein Naturell. Aber im Grunde ist er ein sehr erfahrener Kriminalbeamter und Antiterrorspezialist. Vor knapp dreißig Jahren hat er als Soldat in meiner Kompanie gedient.« Inzwischen waren sie beim Auto angekommen. »Professor Wang, du hast sicher jede Menge Fragen.«

»Worüber ihr heute da drinnen gesprochen habt … Was hat das alles mit dem Militär zu tun?«

»Krieg hat natürlich immer etwas mit dem Militär zu tun.«

Verwirrt sah sich Wang Miao um. An diesem schönen Frühlingstag schien um ihn herum alles zu strahlen. »Aber wo herrscht denn Krieg? Es gibt zurzeit kaum einen Ort auf dem ganzen Erdball, wo ernsthaft gekämpft wird. Wir leben doch in der friedlichsten Epoche aller Zeiten.«

Generalmajor Chang lächelte unergründlich. »Du wirst schon bald über alles Bescheid wissen. Alle werden es wissen. Professor Wang, hat es in deinem Leben je einen Schicksalsschlag gegeben, der dein Leben völlig auf den Kopf gestellt hat? Sodass die Welt plötzlich ganz anders für dich ausgesehen hat?«

»Nein.«

»Dann hast du Glück gehabt. Obwohl es in dieser Welt keinerlei Sicherheiten gibt, bist du bislang von Krisen verschont geblieben.«

Wang Miao verstand immer noch nicht, was Chang meinte. »Das trifft doch auf die meisten Menschen zu.«

»Dann hatten die meisten Menschen einfach Glück.«

»Aber ... so leben die Menschen doch schon seit Generationen.«

»Alles reines Glück.«

Wang Miao schüttelte den Kopf. Er musste lachen. »Ich gebe zu, ich bin heute etwas begriffsstutzig. Willst du damit sagen ...«

»Richtig. Die Menschheit hat während ihrer gesamten Geschichte großes Glück gehabt. Von der Steinzeit bis heute ist es zu keiner größeren Katastrophe gekommen. Aber wie das mit Glückssträhnen nun mal so ist, muss auch diese eines Tages enden. Und ich sag dir eins: Sie ist zu Ende. Mach dich auf das Schlimmste gefasst.«

Wang Miao hatte noch weitere Fragen, aber Generalmajor Chang wollte nichts mehr sagen. Stattdessen schüttelte er ihm die Hand und ging davon.

Nachdem er ins Auto eingestiegen war, fragte der Chauffeur Wang Miao nach seiner Adresse. Er nannte sie ihm und fragte zurück: »Hast du mich nicht auch abgeholt? Das Auto scheint mir das gleiche zu sein.«

»Nein, ich habe Dr. Ding abgeholt.«

Wang horchte auf. Er bat den Chauffeur, ihn zu Dr. Ding zu fahren.

Cixin Liu

Der dunkle Wald

Band 2 der Trisolaris-Trilogie

Leseprobe

Die braune Ameise hatte schon vergessen, dass sie hier einmal zu Hause gewesen war. Für die im Dämmerlicht liegende Erde und die eben aufgegangenen Sterne mochte die Zeitspanne lächerlich kurz gewesen sein – für die Ameise war es eine Ewigkeit.

In jenen längst vergessenen Tagen war ihre Welt auf den Kopf gestellt worden. Erdreich war davongeflogen und hatte eine tiefe und breite Kluft hinterlassen, dann war es donnernd zurückgekehrt, die Kluft verschwand, und am Ende der zuvor aufgerissenen Erde ragte ein einsamer schwarzer Felsblock auf. Tatsächlich passierte so etwas auf diesem ausgedehnten Territorium ständig, die Erde flog davon und kam zurück, Klüfte taten sich auf und schlossen sich wieder, und am Ende ragten dort diese Felsblöcke empor, wie um ein Zeichen für die vorangehende Katastrophe zu setzen. Die Ameise und ihre Gefährten hatten die überlebende Königin in Richtung der untergehenden Sonne getragen und dort einen neuen Staat errichtet.

Nur zufällig war die Ameise bei der Nahrungssuche diesmal in der alten Heimat gelandet. Sie gelangte an den Fuß des schwarzen Felsblocks, wo sie mit ihren Fühlern die Gegenwart des Kolosses ertastete, seine harte und glatte, jedoch begehbare Oberfläche. Also lief sie hinauf, ohne bestimmte

Absicht, einem willkürlichen Impuls ihrer so winzigen wie primitiven Neuronenbahnen folgend. Ein Impuls, wie er in jedem Grashalm, jedem Tautropfen auf den Blättern, jeder Wolke am Himmel und jedem Stern hinter den Wolken schlummerte ... Es war ein absichtsloser Impuls, doch aus einer Masse absichtsloser Impulse formte sich schließlich eine Absicht.

Die Ameise fühlte, wie die Erde vibrierte. Aus der zunehmenden Stärke der Erschütterung schloss sie, dass ein anderes, riesiges Wesen sich auf sie zubewegte. Unbeirrt setzte sie ihren Weg den Felsblock hinauf fort. Im rechten Winkel zwischen dem Fuß des Felsblocks und der Erde hing ein Spinnennetz. Wohl wissend, worum es sich handelte, umging sie vorsichtig die am Abhang klebenden Spinnenfäden, vorbei an der mit eingezogenen Beinen auf jede Bewegung der Fäden lauernden Spinne. Sie wussten jeder um die Existenz des anderen, doch es gab keinerlei Austausch zwischen beiden Seiten, so wenig wie in den vergangenen Millionen Jahren.

Die Vibration erreichte ihren Höhepunkt – und brach ab. Das riesige Wesen war am Fuß des Felsens angekommen. Die Ameise bemerkte, dass es noch riesiger war als der Felsblock und ein großes Stück Himmel verdeckte. Diese Wesen waren der Ameise nicht fremd, sie waren lebendig, das wusste sie, und sie tauchten häufiger auf diesem Gelände auf. Ihre Erscheinung stand in engem Zusammenhang mit den entstehenden und wieder schwindenden Klüften und den am Ende darauf thronenden Felsblöcken.

Die Ameise kletterte weiter. Sie wusste, dass diese Wesen in der Regel keine Gefahr für sie darstellten, von seltenen Ausnahmen abgesehen. Eine solche Ausnahme widerfuhr der Spinne unten, als das Wesen offenbar das Netz zwischen Felsblock und Boden bemerkte, die Spinne mit den Stängeln eines Blumenstraußes, den es in einer seiner Gliedmaßen hielt, wegfegte, sodass sie mit dem zerrissenen Netz im dichten Gestrüpp landete, und anschließend die Blumen behutsam am Fuß des Felsblocks ablegte.

In diesem Augenblick gab es eine neuerliche Erschütterung, ganz schwach, doch auch sie immer stärker werdend. Die Ameise erkannte, dass sich ein weiteres Lebewesen derselben Art auf den Felsblock zubewegte. Gleichzeitig entdeckte sie eine lange Furche, eine Vertiefung im Fels, die sich viel rauer anfühlte und auch von anderer, gräulich weißer Farbe war. Sie folgte der Furche, die sie dank ihrer Rauheit viel leichter begehen konnte. An beiden Enden mündete sie in eine dünnere Furche, unten in Form einer horizontalen Linie, von der die Hauptfurche aufstieg, und oben verlief eine kurze Linie in einem engen Winkel zur Hauptfurche nach unten. Als die Ameise wieder zurück auf die glatte, schwarze Oberfläche geklettert war, hatte sie ein vollständiges Bild von der Form der Furche bekommen: »1«.

Das Lebewesen war plötzlich nur noch halb so groß, etwa genauso hoch wie der Felsblock. Es hatte sich offenbar hingehockt und gab den Blick auf den dunkelblauen Himmel frei, an dem bereits einzelne Sterne funkelten. Die Augen des Lebewesens waren auf den oberen Teil des Felsblocks gerichtet. Die Ameise zögerte einen Moment und entschied sich, besser nicht direkt in sein Blickfeld zu laufen, änderte die Richtung und lief nun in horizontaler Linie weiter. Schnell stieß sie auf eine weitere Furche und trieb sich lange in der rauen Vertiefung herum, in der es sich angenehm krabbeln ließ. Außerdem erinnerte die Farbe an die Eier der Ameisenkönigin. Ohne zu zögern, folgte sie der Furche abwärts. Diese Form war ein wenig komplizierter. Sie war gebogen, zuerst in einem vollständigen Kreis und dann weiter in einem Bogen nach unten geschwungen, so wie der Weg der Ameise manchmal verlief, wenn sie etwas nach dem Geruchssinn aufspüren ging und dabei den Weg nach Hause entdeckte. Ihre Neuronenbahnen vermittelten ihr ein Bild: »9«.

Nun gab das vor dem Felsblock hockende Wesen eine Reihe von Lauten von sich, die das Hörvermögen der Ameise bei Weitem überstiegen: »Das Leben selbst ist ein Wunder. Wie konntest du bloß nach etwas Bedeutungsvollerem suchen, wenn du nicht einmal das begriffen hast?«

Das Lebewesen machte einen Laut wie der Wind, der durch die Gräser fährt. Ein Seufzer. Dann richtete es sich auf.

Die Ameise krabbelte weiter parallel zum Boden und geriet in eine dritte Furche hinein, die zunächst beinahe vertikal verlief und dann eine scharfe Biegung machte: »7«. Die Form missfiel ihr. Solche abrupten Richtungswechsel verhießen nichts Gutes.

Die Laute des ersten Lebewesens hatten die Erschütterungen übertönt, sodass die Ameise erst jetzt die Gegenwart des zweiten Lebewesens vor dem Gipfel wahrnahm. Das erste Lebewesen hatte sich aufgerichtet, um es zu begrüßen. Das zweite Lebewesen war wesentlich kleiner und gebrechlicher als das erste und hatte schlohweißes Haar, das vor dem nachtblauen Himmel silbrig schimmerte, als wollte es im Funkeln der vielen Sterne aufgehen.

»Dr. Ye, was … Wie kommen Sie hierher?«

»Sind Sie …? Xiao Luo?«

»Luo Ji. So ist es. Ich bin mit Yang Dong zur Schule gegangen. Was …?«

»Ich mochte diesen Ort schon immer, und er ist mit dem Auto gut zu erreichen. In letzter Zeit komme ich häufiger her, um ein bisschen spazieren zu gehen.«

»Mein Beileid, Dr. Ye.«

»Ach, das ist nun schon so lange her …«

Die Ameise auf dem Felsblock wollte sich eigentlich wieder nach oben wenden, doch da entdeckte sie eine weitere Furche vor sich, von derselben Form wie die »9«, in der sie sich so wohl gefühlt hatte, bevor sie an die »7« gekommen war. Also lief sie weiter horizontal entlang der Form dieser »9«. Sie mochte diese Form lieber als die »7« oder die »1«. Warum, konnte sie nicht genau sagen, ihr Sinn für Ästhetik war primitiv und einzellig. Die unbestimmte Freude, die sie eben beim Krabbeln durch die »9« empfunden hatte, nahm zu, auch das eine primitive, einzellige Freude. Die einzellige Natur dieser beiden Sinne hatte nie eine Chance auf Evolution. Seit hundert Millionen Jahren waren sie so und würden es in hundert Millionen sein.

»Dongdong hat oft von dir erzählt, Xiao Luo. Sie sagte, du arbeitest … als Astrophysiker?«

»Früher, ja. Jetzt unterrichte ich an der Uni Soziologie. An Ihrer Universität, um genau zu sein, auch wenn Sie schon pensioniert waren, als ich dort anfing.«

»Soziologie? So ein krasser Fachwechsel?«

»Stimmt. Yang Dong sagte immer, ich wüsste nicht, was ich wolle.«

»Kein Wunder, dass sie dich intelligent nannte.«

»Na ja, bestenfalls schlau. Kein Vergleich mit Ihrer Tochter. Ich hatte einfach das Gefühl, Astronomie sei wie ein stählerner Block, in den man nicht das kleinste Loch bohren kann. Soziologie ist eher wie ein Holzbrett, in dem man immer eine dünnere Stelle findet, die man durchkriegt. Man kommt besser damit zurecht.«

In der Hoffnung auf eine weitere »9« kroch die Ameise horizontal weiter, doch nun traf sie auf eine gerade horizontale Linie wie bei der ersten Furche, nur länger und parallel zum Boden verlaufend, ohne weitere Furchen an den Enden. Ein »—«.

»So darf man das nicht sehen. Das ist das Leben. Es muss ja nicht jeder so sein wie Dongdong.«

»Ich bin einfach nicht ehrgeizig. Ich lasse mich eher treiben.«

»Wenn ich einen Vorschlag machen dürfte: Warum widmest du dich nicht der Kosmosoziologie?«

»Kosmosoziologie?«

»Den Begriff habe ich mir ausgedacht. Angenommen, im Universum gäbe es viele große Zivilisationen, womöglich so viele wie sichtbare Sterne, unzählige, die zusammengenommen die universelle Gesellschaft bilden. Kosmosoziologie wäre die Wissenschaft von der Natur dieser universellen Gesellschaft.«

Die Ameise war nicht viel weitergekommen. Nach der »—«-Furche hoffte sie auf eine behagliche »9« und traf stattdessen auf eine »2«, mit einer anfänglich angenehmen Kurve, jedoch einer scharfen Biegung am Ende, so furchterregend wie die der »7«. Nicht sehr vielversprechend. Sie lief weiter, stieß auf die nächste Furche und meinte, das sei die ersehnte »9«, und so fühlte es sich anfangs auch an. Doch es war eine Falle, die Form war eine geschlossene »0«. Sanfte Rundung, schön und gut, doch das Leben brauchte eine Richtung, man konnte doch nicht immer an seinen Ausgangspunkt zurückkehren. Das begriff sogar eine Ameise. Obwohl noch zwei weitere Furchen vor ihr lagen, hatte sie das Interesse verloren und kletterte lieber weiter nach oben.

»Nun gut, aber ... augenblicklich wissen wir nichts von einer anderen Zivilisation außer unserer eigenen.«

»Deshalb hat sich bislang auch niemand damit befasst. Das wäre dann deine Chance.«

»Faszinierend. Bitte fahren Sie fort, Dr. Ye.«

»Ich dachte nur, auf diese Weise ließen sich deine beiden Fächer miteinander verbinden. Die mathematische Fassbarkeit der Kosmosoziologie wäre wesentlich exakter als die der Humansoziologie.«

»Wie meinen Sie das?«

Ye Wenjie deutete auf den Himmel, den im Westen noch die Abenddämmerung erhellte und wo nun die ersten Sterne leuchteten. Unschwer konnte man sich daran erinnern, wie das eben noch sternenlose Firmament ausgesehen hatte: eine tiefblaue Leere in der weiten Unendlichkeit, eine Marmorstatue mit pupillenlosen Augen. Jetzt, auch mit nur wenigen Sternen, hatten die riesigen Augen Pupillen bekommen, die weite Leere einen Inhalt. Der Kosmos hatte Augen. Doch im Verhältnis zum Himmel waren die Sterne winzig, kaum wahrnehmbare, silbrige Pünktchen, als drücke sich darin eine gewisse Unsicherheit beim Schöpfer des Kosmos aus – er hatte dem Wunsch nicht widerstehen können, dem Kosmos Pupillen zu geben, und doch hatte ihm vor dem Gedanken gegraust, die Augen des Himmels sehend zu machen. Mit der Riesenhaftigkeit des Alls und der Winzigkeit der Sterne hatte er schließlich Wunsch und Widerwillen in Einklang gebracht, Ausdruck einer allumfassenden Vorsicht.

»Schau die Sterne, lauter Punkte. Alle Elemente von Chaos und Beliebigkeit in der komplexen Struktur der Zivilisationen des Universums werden durch die enorme Distanz gefiltert, sodass die Zivilisationen von uns aus betrachtet über Parameter verfügen, die sich relativ leicht mathematisch erfassen lassen.«

»Aber sagen Sie mir, Dr. Ye, was könnte man denn in der Kosmosoziologie konkret erforschen? Es ist doch kaum möglich, Untersuchungen und Experimente durchzuführen.«

»Daher werden die Ergebnisse auch rein theoretischer Natur sein. Du stellst wie Euklid ein paar naheliegende Axiome auf und machst sie zum Fundament eines umfassenden Theoriegebäudes.«

»Das … klingt wirklich sehr spannend, Dr. Ye. Doch was wären die Axiome der Kosmosoziologie?«

»Erstens: Überleben ist das erste Gebot jeder Zivilisation. Zweitens: Zivilisationen wachsen und dehnen sich ununterbrochen aus, aber die Ressourcen des Kosmos bleiben konstant.«

Die Ameise war nicht weit gekommen, als sie feststellte, dass auch weiter oben noch Furchen lagen, eine ganze Gruppe davon, kompliziert wie ein Labyrinth. Sie hatte ein gutes Gefühl für Formen und war sich sicher, damit zurechtzukommen. Jedoch musste sie aufgrund der beschränkten Aufnahmekapazität ihres winzigen Neuronennetzes dafür zuerst die Formen vergessen, durch die sie zuvor gekrabbelt war. Auch die schöne »9«, was sie nicht weiter bedauerte, denn das Vergessen war nun einmal Teil des Lebens. Wenige Dinge waren es, die sie nicht vergessen durfte – und die hatten ihre Gene der Speicherzone namens Instinkt eingeschrieben.

Nachdem sie ihren Erinnerungsspeicher gelöscht hatte, betrat die Ameise den Irrgarten, krabbelte durch Windungen und Biegungen, bis in ihrem schlichten Bewusstsein eine neue Form entstand: das chinesische Schriftzeichen *mu* 墓, was »Grab« bedeutet, aber das wusste die Ameise natürlich nicht. Darüber traf sie auf ein weiteres Furchengebilde, wesentlich unkomplizierter als das vorherige, doch musste sie das *mu* aus ihrem Gedächtnis löschen, um mit ihrer Entdeckungsreise fortzufahren. Zuerst durchlief sie eine wunderbare Vertiefung, die sie an den Hinterleib der frisch verendeten Heuschrecke erinnerte, die sie neulich entdeckt hatte. Schnell hatte sie die Struktur erfasst, sie hatte die Form des Schriftzeichens *zhi* 之. Auf dem Weg nach oben stieß sie auf zwei weitere Furchengebilde. Das erste bestand aus zwei kurzen, tropfenförmigen Vertiefungen mit einem Heuschreckenleib darüber: *dong* 冬 wie Winter. Und das zweite bestand aus zwei Teilen, die zusammen das Zeichen *yang* 杨 ergaben, »Pappel«. Das war die letzte Form, die die Ameise im Gedächtnis behielt, und damit die einzige dieser kurzen Kletterpartie. All die anderen spannenden Formen waren ausgelöscht.

»Aus soziologischer Perspektive sind diese beiden Axiome ziemlich handfest … Sie haben sie so schnell formuliert, dass man meinen könnte, Sie hätten sie bereits im Kopf gehabt«, sagte Luo Ji überrascht.

»Ich denke darüber schon mein ganzes Leben lang nach, aber ich habe noch nie mit jemandem darüber gesprochen. Warum, weiß ich auch nicht … Um von diesen beiden Axiomen ausgehend eine grundlegende Vorstellung von Kosmosoziologie zu entwickeln, bedarf es zweier weiterer Konzepte: Zweifelsketten und technologische Explosion.«

»Das sind äußerst interessante Begriffe. Könnten Sie sie mir erläutern?«

Ye Wenjie warf einen Blick auf ihre Uhr. »Dazu ist leider keine Zeit. Doch du bist ein intelligenter Mensch und wirst zweifellos von selbst darauf kommen. Nimm diese beiden Axiome als Grundlage für deine Forschung, dann wirst du eines Tages der Euklid der Kosmosoziologie.«

»Aus mir wird kein Euklid, Dr. Ye. Doch ich behalte das im Kopf und werde mich daran versuchen. Und Sie eventuell später einmal um Rat fragen.«

»Ich fürchte, dazu wird es keine Gelegenheit mehr geben … Kümmere dich nicht darum, was ich gesagt habe. Ganz gleich, was daraus wird, ich habe meine Pflicht erfüllt. Auf Wiedersehen, Xiao Luo.«

»Alles Gute, Dr. Ye.«

Ye Wenjie verschwand in der Dämmerung, auf dem Weg zu ihrem letzten Treffen.

Die Ameise kletterte weiter, in eine runde Grube hinein, auf deren glatter Oberfläche sich eine extrem komplizierte

Form abzeichnete. Niemals würde sich ihr winziges Neuronennetz so etwas merken können. Die ungefähre Form, die sie erfassen konnte, betörte ihren primitiven Einzellersinn für Ästhetik jedoch ähnlich wie die »9«. Außerdem schien sie einen Teil des Bildes zu erkennen, ein paar Augen – was Augen anging, war sie sensibel, der Blick aus ein paar Augen bedeutete in der Regel Gefahr. Hier war das anders, denn diese Augen waren leblos, das wusste sie. Sie hatte längst vergessen, dass das riesige Lebewesen namens Luo Ji, als es schweigend vor dem Stein gekniet hatte, genau auf diese beiden Augen gestarrt hatte. Sie kletterte aus der Grube heraus, weiter nach oben, bis auf die Spitze des Felsblocks. Ihr fehlte das Gefühl dafür, hoch über allem zu thronen, weil ihr die Angst vor dem Fallen fehlte. Der Wind hatte sie in der Vergangenheit schon oft von wesentlich höheren Orten heruntergeweht, doch sie war immer vollkommen unversehrt geblieben. Ohne die Angst vor der Höhe weiß man allerdings auch die Schönheit der Aussicht von oben nicht zu schätzen.

Am Fuß des Steingebildes hatte die Spinne begonnen, ein neues Netz zu spinnen, nachdem das alte von Luo Ji mit dem Blumenstrauß zerstört worden war. Sie zog einen schimmernden Faden vom Felsblock aus und schwang damit wie ein Pendel Richtung Boden. Das wiederholte sie dreimal, und schon stand das Grundgerüst des Netzes. Und wenn ihr Netz zehntausend Male zerstört würde, würde sie es zehntausend Male wieder aufbauen. Sie war deswegen weder wütend noch verzweifelt noch begeistert. Es war einfach so. Seit einer Milliarde Jahre.

Luo Ji hielt einen Moment inne. Dann ging auch er. Als die Erschütterungen des Bodens verebbt waren, krabbelte die

Ameise auf einem anderen Weg den Felsblock hinunter. Sie wollte jetzt nur noch rasch zurück zum Bau, um dort zu berichten, wo der tote Käfer zu finden war. Der Himmel war nun dicht mit Sternen übersät. Am Fuß des Felsblocks kam sie wieder am Netz der Spinne vorbei. Sie nahmen die Existenz des anderen wahr, ohne einander zu beachten.

Weder Ameise noch Spinne wussten, dass sie neben der fernen Welt, die lauschend den Atem anhielt, soeben die einzigen Zeugen der Geburt der Axiome der Kosmosoziologie geworden waren.

Nur wenige Stunden zuvor, in tiefer Nacht, stand Mike Evans auf dem Bug der *Judgement Day*. Der Pazifik wogte wie schwarzer Satin unter dem Sternenhimmel. Evans mochte es, um diese Zeit mit der fernen Welt zu kommunizieren, wenn vor dem Hintergrund des nächtlichen Meeres und des Himmels der Text auf der Retina der Sophonen so wirkungsvoll aufblitzte.

Das ist unsere 22. Echtzeitkonversation. Es gibt gewisse Schwierigkeiten mit der Kommunikation.

»Ja, Gebieter«, antwortete Evans. »Ich habe bemerkt, dass ihr einen Großteil des Datenmaterials über die Menschheit, das wir euch geschickt haben, nicht wirklich verstehen konntet.«

So ist es. Sie haben die enthaltenen Elemente wirklich sehr gut erklärt, aber wir sind nicht in der Lage, es vollständig zu verstehen. Manchmal scheint es, als gebe es etwas zu viel in eurer Welt und dann wieder etwas zu wenig.

»Handelt es sich dabei um ein und dasselbe?«

Ja, doch wir wissen nicht, ob es etwas zu viel oder zu wenig ist.

»Wie kann das sein?«

Wir haben die Dokumente sorgfältig studiert und festgestellt, dass der Schüssel zum Verständnis bei den Synonymen liegt.

»Synonyme?«

In eurer Sprache gibt es zahlreiche Synonyme und Pseudosynonyme. Im Chinesisch eurer ersten Nachrichten zum Beispiel gab es einige Begriffe mit derselben Bedeutung, wie »kalt« und »eisig«, »schwer« und »gewichtig« oder »weit« und »fern«.

»Und welches Synonympaar hat nun das Verständnis des Materials verhindert?«

»Denken« und »sagen«. Wir haben soeben erst überrascht festgestellt, dass das gar keine Synonyme sind.

»Nein, das sind überhaupt keine Synonyme.«

Nach unserem Verständnis sollten sie das sein. »Denken« bedeutet, mit Denkorganen gedankliche Aktivitäten durchzuführen. »Sagen« bedeutet, den Inhalt der Gedanken einem anderen mitzuteilen. Letzteres wird in eurer Welt durch die Regulierung der Luftschwingungen durch die Stimmbänder genannten Organe erreicht. Sind diese Definitionen korrekt?

»Das sind sie. Aber zeigt das nicht, dass ›Denken‹ und ›Sagen‹ keine Synonyme sind?«

Nach unserem Verständnis zeigt das, dass es Synonyme sind.

»Darf ich kurz darüber nachdenken?«

Bitte sehr. Wir sollten beide darüber nachdenken.

Evans betrachtete für zwei Minuten die Bewegung des Ozeans unter dem Sternenhimmel und dachte nach.
»Mein Gebieter, wie sind Ihre Kommunikationsorgane beschaffen?«

Wir haben keine Kommunikationsorgane. Unsere Gehirne können unsere Gedanken der Außenwelt anzeigen, und damit findet Kommunikation statt.

»Gedanken anzeigen? Wie funktioniert das?«

Die Gedanken unseres Gehirns senden elektromagnetische Wellen, auch in den Wellenlängen des sichtbaren Lichts. Sie können in ziemlich weiter Entfernung angezeigt werden.

»Das heißt also, für euch ist Denken gleich Sprechen.«

Deshalb sind das Synonyme.

»Aha … Doch selbst wenn das so ist, wäre es kein Hindernis beim Verständnis unserer Dokumente.«

Das ist richtig. Was Denken und Kommunikation angeht, sind die Diskrepanzen zwischen uns und euch gering, wir alle haben ein Gehirn, und unsere Gehirne erzeugen Intelligenz durch eine Unmenge neuronaler Netzwerke. Der Unterschied ist, dass die elektromagnetischen Wellen unseres Gehirns stärker sind und von unserem Gegenüber direkt erfasst werden können, was Kommunikationsorgane überflüssig macht. Das ist alles.

»Nein, vielleicht liegt darin noch ein viel größerer Unterschied verborgen, mein Gebieter, lassen Sie mich noch einmal nachdenken.«

Nur zu.

Evans verließ den Bug und spazierte über das Deck. Unterhalb der Reling hob und senkte sich lautlos der nächtliche Ozean. Er stellte sich ihn als denkendes Gehirn vor.

»Ich möchte Ihnen eine Geschichte erzählen, mein Gebieter. Zur Vorbereitung bitte ich Sie, zuerst die folgenden Elemente der Geschichte zu verstehen: Wolf, Kind, Großmutter, ein Häuschen im Wald.«

Das sind alles sehr verständliche Elemente, abgesehen von der Großmutter. Ich weiß, dass es sich dabei um eine Blutsverwandtschaft zwischen menschlichen Wesen handelt und es sich üblicherweise auf eine Dame fortgeschrittenen Alters bezieht. Ihre genaue Position innerhalb der verwandtschaftlichen Beziehungen bedarf jedoch näherer Erläuterung.

»Das spielt keine Rolle, mein Gebieter. Sie müssen lediglich wissen, dass ihre Beziehung zum Kind sehr eng ist. Sie ist die einzige Person, der das Kind vertraut.«

Ich verstehe.

»Ich vereinfache die Geschichte ein wenig. Die Großmutter hatte etwas zu erledigen und ließ das Kind allein im Haus zurück. Sie schärfte ihm ein, die Tür verschlossen zu halten und sie niemandem außer ihr zu öffnen. Unterwegs begegnete die Großmutter einem Wolf, der sie auffraß und dann ihre Kleider anlegte. Dann ging er zu dem Häuschen, klopfte an die Tür und sagte: Ich bin es, die Großmutter, öffne die Tür. Das Kind lugte durch einen Spalt in der Tür und sah jemanden, der aussah wie die Großmutter. Also machte es die Tür auf, der Wolf kam herein und fraß es auf. Verstehen Sie diese Geschichte, mein Gebieter?«

Ich verstehe überhaupt nichts.

»Dann habe ich wohl richtig geraten.«

Der Reihe nach. Der Wolf hatte von Anfang an vor, in das Haus einzudringen und das Kind zu fressen, richtig?

»Richtig.«

Er hat mit dem Kind kommuniziert. Richtig?

»Richtig.«

Genau das verstehe ich nicht. Um sein Ziel zu erreichen, hätte er nicht mit dem Kind kommunizieren dürfen.

»Warum?«

Aber das ist doch klar: Hätte zwischen ihnen Kommunikation stattgefunden, hätte das Kind doch gewusst, dass der Wolf hereinkommen und es fressen will, und es hätte ihm die Tür nicht geöffnet.

Nach einem kurzen Schweigen sagte Evans: »Ich verstehe, mein Gebieter. Ich verstehe.«

Was haben Sie verstanden? Versteht sich das nicht von selbst?

»Eure Gedanken sind für die Außenwelt unmittelbar erkennbar, ihr könnt sie nicht verbergen.«

Wie könnte man seine Gedanken verbergen? Ihre Vorstellungen sind verwirrend.

»Das heißt, eure Gedanken und Erinnerungen sind für die Außenwelt stets transparent, wie ein offenes Buch oder ein öffentlich vorgeführter Film oder ein Fisch in einem durchsichtigen Aquarium. Absolut sichtbar, sofort von der Außenwelt erfassbar. Hm. Einige der von mir erwähnten Elemente sind vielleicht …«

Mir ist das alles klar. Und das ist für euch nicht selbstverständlich?

Evans schwieg. Es dauerte einige Minuten, bis er sagte: »Das ist es also … Wenn ihr mit einem Gegenüber kommuniziert, ist alles, was kommuniziert wird, wahr. Ihr könnt weder lügen noch betrügen, also könnt ihr wahrscheinlich nicht komplex strategisch denken.«

Wir können nicht nur von Angesicht zu Angesicht kommunizieren, sondern auch über weite Distanzen. Doch lügen und betrügen gehören zu den Begriffen, bei denen wir Verständnisschwierigkeiten haben.

»Was ist das für eine Gesellschaft, in der alle Gedanken transparent sind? Welche Art von Kultur entsteht dadurch, welche Art von Politik? Ohne Intrigen und Täuschungsmanöver?«

Was sind Intrigen und Täuschungsmanöver?

Evans schwieg.

Die Kommunikationsorgane der Menschen sind das Resultat eines evolutionären Defizits, ein notwendiger Ausgleich dafür, dass eure Gehirne keine ausreichend starken Gedankenwellen produzieren können, eine eurer biologischen Schwachstellen. Gedanken direkt transparent machen zu können ist selbstverständlich eine wesentlich effizientere Form der Kommunikation.

»Ein Defizit? Eine Schwachstelle? Nein, Sie irren sich, mein Gebieter. Was das betrifft, sind Sie vollkommen im Irrtum.«

Tatsächlich? Darüber muss ich nun einen Augenblick nachdenken. Schade, dass Sie meine Gedanken nicht sehen können.

Das Gespräch war für eine ganze Weile unterbrochen. Nachdem zwanzig Minuten lang keine Schrift mehr erschienen war, spazierte Evans vom Bug zum Heck, wo er einem Schwarm Fische zusah, der immer wieder aus dem Ozean sprang und dabei einen im Mondlicht silbrig schimmernden Bogen in die Luft zeichnete. Einige Jahre zuvor hatte er zur

Untersuchung des Einflusses der Überfischung auf die Lebewesen der Küstengewässer eine Weile auf einem Fischerboot im Südchinesischen Meer verbracht. »Die Drachenarmee marschiert vorbei« hatten die Fischer diesen Anblick genannt. Für Evans sahen sie aus wie auf das Auge der Meeresoberfläche projizierter Text. Da erschien vor seinen eigenen Augen ein neuer Text.

Sie haben recht. Wenn ich mir den Inhalt der Dokumente noch einmal vergegenwärtige, verstehe ich sie jetzt etwas besser.

»Sie haben noch einen langen Weg vor sich, mein Gebieter, bis Sie die menschliche Natur wirklich begreifen werden. Ich fürchte sogar, es wird Ihnen nie ganz gelingen.«

Stimmt, es ist wirklich sehr kompliziert. Ich weiß jetzt lediglich, warum ich zuvor nicht alles verstanden habe ... Sie haben Recht.

»Sie brauchen uns, mein Gebieter.«

Ich habe Angst vor euch.

Die Konversation brach ab. Das war die letzte Nachricht, die Evans von Trisolaris erhielt. Er stand auf dem Heck und sah zu, wie die schneeweiße Gischt hinter der *Judgement Day* in die Schemen der Nacht verschwand wie verflossene Zeit.

James Corey

THE EXPANSE – Das TV-Ereignis des Jahres

978-3-453-52931-1

Leviathan erwacht
978-3-453-52931-1

Calibans Krieg
978-3-453-52929-8

Abaddons Tor
978-3-453-524930-4

Cibola brennt
978-3-453-31654-6

Nemesis Spiele
978-3-453-31656-3

Babylons Asche
978-3-453-31655-3

Die Zukunft

Eine Einführung

Seit es Menschen gibt, denken sie über die Zukunft nach.
Aber heißt über die Zukunft nachzudenken auch, diese Zukunft
zu »gestalten«? Was ist das eigentlich: die Zukunft? Ein Raum,
in dem wir die Ängste und Hoffnungen der Gegenwart deponieren?
Oder etwas, das wir verstehen, ja vielleicht sogar erfinden können?
Dieses Buch erzählt eine einzigartige Ideengeschichte der Zukunft.

978-3-453-31595-2